时文精粹

SHIWEN JINGCUI

时文精粹 SHIWEN JINGCUI

年少的时光

李亚利◎著

煤炭工业出版社
·北京·

图书在版编目（CIP）数据

年少的时光 / 李亚利著． --北京：煤炭工业出版社，2016（2023.1 重印）

（时文精粹 / 陈勇，吴军主编）

ISBN 978-7-5020-5237-9

Ⅰ.①年… Ⅱ.①李… Ⅲ.①短篇小说—小说集—中国—当代 Ⅳ.①I247.7

中国版本图书馆 CIP 数据核字（2016）第 053741 号

年少的时光

著　　者	李亚利
丛书主编	陈勇 吴军
责任编辑	马明仁
封面设计	宋双成
出版发行	煤炭工业出版社（北京市朝阳区芍药居 35 号　100029）
电　　话	010-84657898（总编室）
	010-64018321（发行部）　010-84657880（读者服务部）
电子信箱	cciph612@126.com
网　　址	www.cciph.com.cn
印　　刷	北京飞达印刷有限责任公司
经　　销	全国新华书店
开　　本	710mm×1000mm $^1/_{16}$　印张 14　字数 120 千字
版　　次	2016 年 5 月第 1 版　2023 年 1 月第 5 次印刷
社内编号	8088　　　　　　　定价 46.00 元

版权所有　违者必究

本书如有缺页、倒页、脱页等质量问题，本社负责调换，电话:010-84657880

序言 | Preface

年少时的秘密，你会说给谁听？

李亚利

忘了自己是什么时候开始喜欢上写青春故事的。

然而我写的故事很少给熟悉的人看，也很少让身边熟悉的人知道我在写。我怕他们说我矫情，我不愿意那些属于十五六岁的小小的秘密，如花瓣一般的纯白心事，被不懂得的人嘲笑、谈论、误解。

可是，我愿意把整颗心脏都打开，给还未长成大人的你们看，我甚至会猜想，透过你们清澈的眼睛，我能再次走近那个年少时的自己——带着对未来的渴望，带着不知天高地厚的梦想，带着晦涩的暗恋，带着患得患失忐忑不安的自己，那个我时常怀念，却再也找不回来的自己。

整理这本书稿的起源是因为一个电话。

那天，我因为手头的一个栏目策划没有做完，所以独自留在办公室加班。九点多的时候，我终于做完了策划，正在收拾东西准备关电脑回家。就在这时，办公室的电话响起，因为觉得累，而且早已过了上班时间，所以我并没有接的打算。可是，那铃声响得执着，对方应该是连着打了好几遍，最后，我还是耐着性子接了起来。

"您……您好……"是一个女孩的声音，脆生生的，带着胆怯和羞涩。

每当接到读者的电话，我总是毫无招架之力，手里做着什么都会放下来。他们柔软的稚嫩的声音，常让我觉得喜悦和忧伤。

"我和好朋友吵架了，就因为一向成绩中等的我，在这次期末考试中的成绩超过她许多。她最近有些不高兴，不理我，我觉得好难过。其实，这段时间我都在非常努力的学习，夜里复习到很晚，因为我想追上她的脚步，变成和她一样优秀的女孩，这样才更配得上做她的朋友。可是现在，我不知道自己到底做得对不对……"

我哑然失笑，这是再平常不过的小烦恼，关于友谊，关于成长。我能听出小女孩的忐忑不安，也能从她声音里捕捉到纠结烦恼。

我对她说："真正的朋友，是永远希望你变得优秀的。而带着妒忌之心，攀比之心的友谊，也很难长久。"

我们聊了半个多小时，我不太确定她是否能理解我的话，毕竟，成长是自己的事，它本身便带着孤独的光辉，有许多问题都需要自己在不断跌倒、受伤中才能找到真正适合自己的答案，因为成长没有标准答案。

那天之后，我整理了这部书稿，我想把自己成长的故事分享给每一个正在悄悄长大的孩子，希望能教会他们勇敢、爱、优雅、独立。这本书精选了我从少年时代至今创作的22篇作品，每一篇都讲了一个与成长有关的故事，有的故事记叙爱，有的故事装满回忆，有的故事带着遗憾，有的故事让人落泪，也有的故事拥有幻想的翅膀……

谢谢每一个看到这些故事的你，也期望你能从中找到属于自己的那个故事。

而年少时的秘密，你会说给谁听？我想，你们也会像我一样，说给时光听。

2015年12月20日于北京

目录

Contents

第一辑
紫·风之港湾

暖色信笺 ………………………………… 002
妈妈的衣橱 ……………………………… 011
莫莉的夏天 ……………………………… 021

第二辑
橙·掌心温度

为你唱支冬日的歌 ……………………… 032
遇见你 …………………………………… 041
与天使相约守护你 ……………………… 049

第三辑
赤·孤独者歌

岁月里陪你看夕阳 ……………………… 060
双面派出没 ……………………………… 065
晚安,红舞鞋 …………………………… 074

第四辑
青·初恋情结

梦里不知少年事 ………………………… 084
小城记忆 ………………………………… 095
时光倒影 ………………………………… 116
青青子衿 ………………………………… 128
下一个春天 ……………………………… 141

第五辑
蓝·怒放生命

爱的算术题 ……………………………… 154
我们的旧时光已悄悄走远 ……………… 169

第六辑
灰·虚无之刀

盗梦之旅 ………………………………… 182
天堂引路人 ……………………………… 193
废弃城堡里的金色少年 ………………… 205

第一辑

紫·风之港湾

暖色信笺

一

　　学校老图书馆三楼阅览室第三排靠窗的位置是洛浅浅的专属。

　　这是洛浅浅的同班同学普遍认可的事实，特别是在图书馆做管理员的林昀贤更是这么觉得，甚至偶尔有其他同学坐到那个位置时，他都会过去微笑着提醒："同学，这里已经有人坐了。"

　　林昀贤总是好脾气的温和的样子，再加上他那无人能敌的好看笑容，所以大多数情况下别人都会乖乖地让开这个座位，重新找个座位。林昀贤家境不是很好，学校照顾他，让他每天中午在学校图书馆当管理员，就是整理一下书架上的书和杂志什么的，一个月学校会给他发两百块钱的补助。

　　当然，洛浅浅从来没有要求过林昀贤这么做，她甚至连他的名字都不知道。

　　但是林昀贤知道洛浅浅，那个总是考年级第一名的女孩。其实林昀贤很想和她成为好朋友："只是，她大概不会喜欢我这样学习成绩差，家里又特别穷的朋友吧。"林昀贤总是这样想，所以他从来没敢主动跟洛浅浅说一句话。

　　学校每天中午有两个小时的休息时间，每周四下午有两节课的自由活动时间，同学们可以参加兴趣班，可以上自习课，也可以在图书馆里打发掉。洛浅浅就是每天都在图书馆里打发掉这些时间的人。她没有午睡的习惯，也不喜欢参加那些热闹的活动。

洛浅浅只喜欢拿几本书，坐在那个靠窗的位置看上几页，看累了就铺开暖黄色的信纸给爸爸写信。

爸爸在上海上班，洛浅浅四岁的时候爸爸就去了上海，已经在那里待了十年了。苏州离上海其实很近，但是爸爸总是很忙，回家的时间也特别少，所以洛浅浅每周都会给爸爸写一封信。太久的分离让洛浅浅常常不知道该对爸爸说些什么，所以她习惯于写信，似乎文字更能表达她心里所有的一切。

上海学费太贵了，爸爸还没有上海户口，妈妈的身体也一直不好，常年吃药，所以没有跟爸爸去上海，在苏州老家带着洛浅浅上学。爸爸说等洛浅浅上完高中全家就都搬到上海去，到时候洛浅浅要上大学了，可以选择一个漂亮的城市上学，放假的时候就去上海。这是全家人的一个小小愿望，只需等待。

洛浅浅学习一直很认真，她想要考复旦大学，以后全家人就可以永远在一起了。

洛浅浅已经马上就要上初三了，也就是说三年以后全家人就可以生活在一起了，每每想到这些，洛浅浅的嘴角都会不自觉地浮起暖暖的笑容。

林昀贤喜欢看洛浅浅独自微笑的样子，他永远猜不明白，是什么让这个女孩这么开心。每天中午，阳光都会从窗外射进来，温柔地落在洛浅浅的身上，带着彩色的光晕，这画面很美。

二

但是，所有的美好都在"五一"假期的时候破碎了。

"五一"七天长假，爸爸回家了。他依然给洛浅浅带了许多礼物，有洛浅浅一直都很想要的安东尼的全套漫画，有漂亮的裙子，还有一大堆好吃的。

5月的苏州空气已经微热了，那天吃过晚饭后全家人在小区楼下散布，爸爸妈妈并肩走在前面，妈妈挽着爸爸的手，多么温馨完美的样子。洛浅浅一个人落在后面，因为她在玩爸爸的手机。她本来是想给爸爸妈妈的背影照张照片的，因为那背影让她感到幸福。

可是，她却在爸爸的手机里看到了一张爸爸和一个年轻的漂亮女孩的合影。照片里的女孩20多岁的样子，笑得很灿烂，还有两颗可爱的小虎牙，她的长发落在爸爸的肩上。爸爸微笑着，很幸福的样子。

洛浅浅的心像被电击了一般，双脚瞬间被灌了铅似的，再也挪不动步子了。

她脑海里全是那些电视剧里的画面，当"背叛"和"外遇"这两个词闪进洛浅浅的脑海时，她的眼泪已经有些控制不住了，握着手机的手不由自主地攥得紧紧的。

难道这就是爸爸回家少的原因吗？这就是爸爸不带自己和妈妈去上海的原因吗？也许，根本就不是因为上海的学费贵，也不是因为户口没法转入，而是爸爸已经爱上了别人！所有的想法汹涌而来，洛浅浅的脑袋嗡嗡作响。

"浅浅，你磨磨蹭蹭地干吗呢，快点啊。"妈妈的声音打断了洛浅浅的思绪，她远远看着妈妈挽着爸爸的手，一脸幸福的样子，却没有了看妈妈的眼睛的勇气。

"爸，妈，你们继续散步吧，我肚子有点疼，我先回去了。"洛浅浅努力地控制着自己的眼泪，往家里跑。河岸吹过来的风在轻轻地擦过她的脸颊，和着泪水，居然生涩地痛着。

"这孩子，大概刚才雪糕吃得不好，闹肚子了。我们就享受一下二人世界吧。"爸爸的声音从身后传来，让洛浅浅感到恶心想吐。

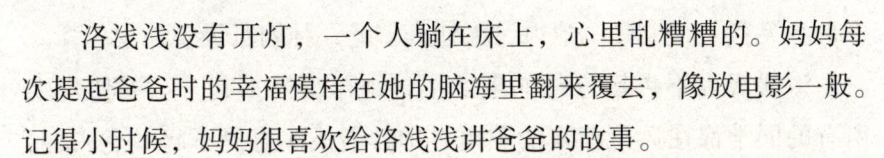

洛浅浅没有开灯，一个人躺在床上，心里乱糟糟的。妈妈每次提起爸爸时的幸福模样在她的脑海里翻来覆去，像放电影一般。记得小时候，妈妈很喜欢给洛浅浅讲爸爸的故事。

妈妈说，爸爸年轻的时候是个艺术家。外婆外公都不喜欢爸爸，也不同意妈妈嫁给爸爸，可是妈妈很坚决地嫁给了爸爸。就为这件事外婆外公已经很多年没给妈妈好脸色看了。刚结婚那会儿家里很穷，洛浅浅出生后就过得很艰辛了，所以爸爸就去上海了。刚去上海的时候靠卖画为生，过得很辛苦。后来他的画被一所艺术学院的老板看中了，校长介绍他去了一所艺术中学当了国画老师。爸爸很喜欢老师这个职业，所以就一直做了下去。

妈妈对爸爸除了爱，还有崇拜。洛浅浅能从妈妈眼睛里看到爸爸闪光的样子。如果妈妈知道爸爸有了外遇一定伤心死了，她的偶像倒下了，她的爱情破碎了。洛浅浅简直无法想象那会有多可怕。

直到"五一"假期结束，爸爸带着不解和疑惑回了上海，洛浅浅都没有再跟他说过一句话。

三

很快就上九年级了，洛浅浅依然每天中午去图书馆，坐靠窗的位置，但她再也不写信了，她开始写日记。粉色的日记本，一页一页地在阳光下翻过，落下了一行一行娟秀的小楷和化不开的忧伤。洛浅浅的嘴角再也没有了微笑，只是在她第一次看到窗台上多出来的那盆仙人掌的时候上扬了一下嘴角。

仙人掌是林昀贤买的，其实他不知道该买什么，他只是觉得要在洛浅浅常坐的那个位置放上一株植物。思来想去似乎也只有仙人掌最安静最好养了，便买了仙人掌。

但是，似乎这盆仙人掌并没有让洛浅浅感到惊喜，她的脸上不再有笑容了。也许，她很讨厌仙人掌吧，林昀贤失望地想。

洛浅浅也不再接爸爸的电话了，她再也笑不起来。即使班上所有的同学都在讨论新来的英语老师，洛浅浅也提不起半点兴趣，虽然英语是她最喜欢的科目。

"洛浅浅，听说新来的英语老师超漂亮的哦。"同桌杨茜满脸期待地说。

"跟我有关系吗？"洛浅浅头也不抬地回答道。

"喂，你中邪啦？还是你暗恋我们现在的王老师啊？"杨茜八卦地开玩笑道。王老师是九年级年轻老师中最帅的，但是九年级上学期时他辞职去市里的私立中学了。

"你个八卦婆，我真是对你无语了。"洛浅浅无可奈何地笑道。

但是，当新来的英语老师走进教室时，所有的同学都安静了。

她真的很漂亮，一袭白色连衣裙，长发披肩，男生们都已经发出唏嘘声了，女生们也努力地按捺住已经冲到了喉咙口的尖叫。唯独洛浅浅在所有人都把目光落在新老师身上的时候冲出了教室，杨茜一头雾水地看着她的背影消失在教室门口。

新来的英语老师诧异地看着突然冲出教室的女孩，不知所措地挤出来一个笑容，开始做自我介绍。

洛浅浅无法控制自己，上帝似乎跟她开了个不大不小的玩笑。她简直不敢相信新来的英语老师就是爸爸手机里跟爸爸合影的那个漂亮女孩，洛浅浅还清晰地记得她的长发落在爸爸肩头的样子。

这个世界每天都有许多无法预料的故事在上演，洛浅浅突然觉得自己只是个对剧情无能为力的观众。更可悲的是，这个观众很孤独，她在独自看这部默剧，甚至连评价的勇气和资格都没有。

洛浅浅在图书馆的顶楼坐了一上午，她知道杨茜在找她，新来的英语老师也在找她。她看着她们跑进图书馆，然后又跑出去，一脸的焦急。但是她就是不想被她们找到，呵呵，第一天上课班里就有一个女生逃课，她接下来在这个学校的日子不会很好过吧。

洛浅浅被自己恶毒的想法吓了一跳，但是很快她的脑海里又浮出了爸爸手机里的那张照片。

四

好不容易等到了中午，洛浅浅又去了阅览室，也只有这里才是属于她的时光。

可是窗台上的那盆仙人掌不见了，其实洛浅浅挺喜欢那盆仙人掌的，她还想等它开花呢，仙人掌的花期太难等了。

"唔，那个，那盆仙人掌呢？"这是洛浅浅第一次跟坐在阅览室门口的林昀贤说话。

林昀贤连忙放下手里的数学试卷，不好意思地说："我，我怕花盆挡了你的阳光，所以，所以搬到楼下的藏书室去了。"

"呵呵，没有，我挺喜欢的。哦，不过放在藏书室也不错。"

"我马上搬上来，马上，你等我一会儿哦。"林昀贤还没等洛浅浅回答就跑下楼了，很快把仙人掌搬了上来，轻轻地放在了第三排的窗台上。

"谢谢你啊，我叫洛浅浅。"洛浅浅感激地说。

"不用谢，我叫林昀贤，我是九年级三班的，我知道你是一班的，因为你总考第一名。"林昀贤挠了挠后脑勺。

那天之后，洛浅浅每次去阅览室都会跟林昀贤说上几句话，偶尔还会带去自己的课堂笔记。林昀贤终于和洛浅浅做了好朋友，原来她没有自己想象中的那么冷漠骄傲。

新来的英语老师叫韩晓燕，她的教学方式很新颖也很独特，课堂气氛总是很活跃。但是这些并没有打动洛浅浅。相反，洛浅浅越来越讨厌她了，甚至上英语课的时候戴上了耳麦听歌。她的英语成绩下降得很快，虽然她的其他科目依然很优秀，但是4月份的月考她的总成绩还是落后了许多。

这让班主任很担忧，洛浅浅可是三年以来一直考第一名的优等生，他没有想到都快要中考了，洛浅浅的成绩却迅速下降了，特别是她的英语。

月考成绩出来的第二天，班主任把韩晓燕叫去了办公室。洛浅浅说不出来心里是怎么想的，这样的结果并没有让她感到开心，相反却是无比失落。她想起曾经想要考复旦大学的梦想，想要全家幸福地生活在一起的梦想，那个深藏在心里已经许多年的梦想。

洛浅浅决定告诉妈妈这一切，已经一年了，她无法再帮助爸爸一起欺骗妈妈了。她已经长大了，要和妈妈一起承担这样的事实。

洛浅浅决定给妈妈写一封长长的信，她不知道该怎样跟妈妈开口。

"洛浅浅，班主任找你。"第三节课的课间，班长在教室门口喊，所有人都疑惑地看着洛浅浅。

五

班主任语重心长地跟洛浅浅聊了一节课，无非就是马上要中考了，要把心思放在学习上，背水一战，不要让老师和父母失望之类的话。

洛浅浅心烦意乱地走出班主任的办公室时已经是中午了。她照例去了阅览室，顺便给林昀贤带去了数学课堂笔记，林昀贤的数学成绩很不理想。

"你好好复习吧，快要中考了，笔记不急着还给我，我的数学成绩没什么问题。"洛浅浅真心希望林昀贤也能考出很好的成绩，她知道他很刻苦。自己在阅览室看杂志的时候他永远是在做试卷。

当看到妈妈一脸幸福地接爸爸的电话时，洛浅浅依然没有勇气给妈妈那封信。她突然想起了那句话，可怕的不是谎言，而是揭穿谎言的那个人。也许，真相是可以烂掉的吧。

让洛浅浅感到意外的是，韩晓燕居然要请自己喝咖啡。

洛浅浅一脸嫌恶地拒绝了，可是韩晓燕说："我想讲个故事给你听，听过这个故事后，也许你会发现你是这个世界上最幸福的姑娘。"

这是洛浅浅第一次去咖啡馆，优雅的钢琴曲，诱人的咖啡香，让她放松了那颗紧绷的心。

韩晓燕带来了一个相册，当洛浅浅翻开相册时整个人都傻掉了。相册里有许多爸爸和小孩子们的合影，照片里的爸爸像个孩子王一般，那些小孩穿着破旧的衣服，但是有着清澈的眼神，那是洛浅浅从未见过的眼神。

相册的最后有一张大合影，还有一行字，复旦大学志愿者协会西藏行。洛浅浅在照片里找到了爸爸和韩晓燕。

"洛老师是一位很优秀的老师，他资助了很多贫困学生，包括我。这也是我毕业后放弃上海的高薪来这里教书的原因，我要报答他，报答这个小城，养育了这么伟大的人。"韩晓燕的眼睛里有晶莹的泪水即将落下来。

"我早就应该猜到你是洛老师的女儿了，毕竟我们班只有你一个人姓洛，原谅我这么笨。洛老师花了太多钱给那些贫困的孩子们，却无法把自己的妻女接到上海一起生活。我毕业时去看他了，我们还一起拍了一张照片。他说她的女儿将来也要考复旦大学，他说我可以做她的榜样。"韩晓燕杯里的咖啡早已经凉了，洛浅浅的眼泪一滴一滴地落了下来。

"韩老师，对不起，我……"这是洛浅浅第一次喊她老师。

"没什么，你是个很棒的姑娘，洛老师以你为傲。他一直都相信你一定会考上复旦大学的。我为我曾经带给你的困扰向你道歉。"韩晓燕把咖啡推过来，碰了碰洛浅浅的杯子。

初夏的阳光让世界充满光明。

六

洛浅浅又带着暖黄色的信纸去了图书馆,她要给爸爸写信了,她要告诉他,她为他感到骄傲。她还要告诉他,那个叫韩晓燕的姐姐现在是自己的老师了。

"洛浅浅,你的,你的笔记还给你。"林昀贤走到窗前,把笔记递了过来。

"你看完了?我们一起加油哦!"这是许久以来林昀贤再一次看到了洛浅浅的笑容。

"那个……不好意思,我……偷看了你写给你妈妈的信。我,我还告诉了你们英语老师。"林昀贤的脸已经红到了脖子根儿,他不安地搓着白色衬衫的衣角,早已不敢看洛浅浅的眼睛了。

洛浅浅窘迫地翻开笔记本,看到了自己前天写给妈妈的信,原来她把它忘在了数学笔记本里。

"唔,那个,我罚你中考必须考上重点高中。"洛浅浅脸上扬起了俏皮的微笑。

妈妈的衣橱

1

"小不点，下周末去参加我的毕业晚会吧！"上完油画课后，彭坦对蔓茵说。

"我都说了，不要再叫我小不点！"莫名的，蔓茵提高了嗓门，狠狠地瞪着彭坦。她也不知道自己怎么会这么激动。

"好啦，不叫就是，生这么大的气干吗。"彭坦被蔓茵生气的样子逗笑了，揉了揉她的头发说，转身前还是交代了一句，"小不点，别忘了，到时候有很多好吃的！"

看着彭坦背着画夹远去的背影，蔓茵像一只泄了气的皮球般，一点力气都没有了。5月的风把远去的少年的白衬衫吹得鼓了起来，头发扬起，消失在蔷薇开得正好的转角处。蔓茵心里涌起一阵莫名的忧伤，她踢踏着脚下的石子，无精打采地朝家里走去。

妈妈已经熬好了木瓜莲子粥，晾在客厅里。她正坐在阳台上看书，夕阳的余晖落在她的长发上，落在她的侧脸上，看起来真美。

蔓茵最羡慕的人就是妈妈。

她不羡慕家境优越的班花林晓慧，不羡慕成绩优异的学习委员董玥，不羡慕14岁钢琴就过了十级的霍冰儿。对，同龄的女孩子没有令蔓茵羡慕的。她只羡慕妈妈，羡慕快40岁了还像少女一样优雅美丽的妈妈。

可惜蔓茵并没有继承妈妈的漂亮，14岁了身体还没长开的样子，瘦瘦小小的，外貌也是极其普通。外在似乎已经无药可救了，那就修炼一下内在吧，所以蔓茵报了油画班。蔓茵觉得油画是沉静而有质感的，那种美由内而外地散发出来，且不因时间而褪色。

蔓茵就是在油画班认识彭坦的，彭坦是高中部的学生，那天被油画老师指派给蔓茵做辅导。原本是很普通的相遇，可是当彭坦握着蔓茵的手，帮她修改颜色的时候，蔓茵的心里涌起了一种奇怪的情感，电流一般扩散开来。

14岁的蔓茵从来没有与十几岁男生有过那样亲密的接触，而且是一位英俊迷人的男生。彭坦有轮廓分明的脸庞，挺拔的身材，栗色微卷的头发，整个人都散发着秋天的气息，成熟稳重。

也许就是从那天开始，蔓茵不再喜欢别人把她当小孩子看了吧。

二

"蔓茵，妈妈晚上去听音乐会，你要去吗？"饭桌上，妈妈问道。

"唔，不去了，你和爸爸一起去吧。"蔓茵正心不在焉地一勺一勺地往嘴里送木瓜莲子粥。

"嗯，爸爸下班直接去音乐厅了，他已经在那边等我了，你晚上早点休息，我们可能会到十点才回来。"妈妈一脸幸福的模样。

"好啦，放心啦，幸福的小女人。"蔓茵看着妈妈那张似乎未经岁月的脸，心底又莫名地升腾起些许羡慕来。

我长大后会不会遇到一个悉心呵护我的男子呢？就像爸爸爱护妈妈一样，把她当作手心里的宝。那个人又是什么样子呢？蔓茵的心里氤氲着一层薄薄的水汽，朦胧的，亦真似幻。她开始在脑海里搜索自己所遇见的男孩们，第一个浮现出来的居然是彭坦的模样。

"蔓茵，我走啦。"妈妈关门的声音吓了蔓茵一跳，勺子应声落地，她不由得脸红起来。"顾蔓茵，你在想什么呢，笨蛋！"蔓茵禁不住在心里把自己骂了一遍。

听到妈妈咚咚咚下楼的声音，蔓茵迅速扒拉完碗里的粥，去了妈妈的书房。妈妈的书房里有一个古朴的衣橱，和檀木书架放在一起，一点也不显得突兀奇怪，反而让人觉得它们天生就应该这么摆放着才妥当。只是蔓茵从来没见过妈妈穿那个衣橱里的衣服，蔓茵隐约地觉得这个衣橱里一定藏着一个美丽的故事。

蔓茵打开妈妈的衣橱，她需要挑选一件独特的衣服去参加彭坦的毕业晚会。那些漂亮的衣服像一位位高贵的公主，静静地站在衣橱里，仿佛在审视眼前这个身体还没长开的14岁女孩。丝绸旗袍、亚麻长裙、棉质衬衫……蔓茵不知道它们是什么时候住进这个衣橱的，但是它们所散发出来的时光河流的味道、漫长岁月的气息，让蔓茵觉得它们一定见证了妈妈的少女时代。

蔓茵挑了一件乳白色的开襟衬衫，一条藏青色的齐膝短裙，小心翼翼地套在自己身上。再把长发散下来，编成两个大辫子，搭在肩头，踩着细碎的步子，慢慢走到镜子前，有小小的兴奋在心尖儿上跳舞。

镜子里的少女恬淡安静的模样让蔓茵的嘴角不禁浮起了笑意。灯光落在蔓茵的侧脸上，带着暖黄色的光晕，白皙纤长的脖颈被那块墨玉衬得愈发水灵，整个人看起来就像一株初绽的水仙，带着熹微的晨光和初露的气息。

唯一美中不足的是，蔓茵的身形有些太纤细了，显得这衣裙有些宽大。

如果彭坦看到自己这身打扮会作何感想呢？他会不会觉得我太瘦了？或者，他会觉得我穿裙装的样子很美吗？他会不会微笑着走过来，用温和好听的声音说："蔓茵，你今天真漂亮！"

蔓茵在这样反复的幻想里忽而欢喜，忽而哀愁。

三

周二早晨，蔓茵去学校的时候看到许多同学围在教室后面的布告栏前，原来是上个月的月检测成绩出来了。不知道为什么，蔓茵心里掠过了一阵莫名的慌乱。

"顾蔓茵是第 29 名哎！"

"火星撞地球了，年级第 1 名降到 29 名了，什么情况？"

"骄傲使人落后呗……"

蔓茵迅速穿过议论纷纷的人群，默默走到自己的座位上坐了下来。这段时间，一样的上课下课，一样的写作业复习，为什么成绩会下降得这么厉害呢？

上午的时光因为布告栏上的排名而被拉得无限漫长，蔓茵急切地盼望着下午的到来。下午三点以后就可以去上油画课了，可以见到彭坦了。这个小小的盼望在蔓茵心里无限膨胀起来，她忐忑不安地等待下课铃声响起，她开始意识到自己或许是喜欢上了彭坦学长。

可是彭坦即将要高考了，也许他会离开这座城市，会从此消失在自己的世界里。想到这些，蔓茵的心里变得更惆怅了，这种惆怅跟考试成绩公布时的难过是没法比的。

"学长，你计划考哪所大学呢？"油画课上，老师讲理论知识的间隙，蔓茵小心翼翼地问彭坦。

"当然是中央美术学院了。"彭坦自信满满地说，下午的阳光温和地落在他的脸上，真好看。

"唔。"蔓茵不知道该要如何接茬儿了。中央美术学院，在北京吧，好遥远的样子。地理课本上的矢量地图迅速蹿进了蔓茵的脑海里，从这座南方的小城去遥远的北京，几乎要穿越半个中国了吧，以后他一定不会再记得我了吧。想到这里，蔓茵的眼泪几乎要掉下来了。

"蔓茵，你也要加油呢，其实你很棒！"彭坦敲了一下蔓茵的脑袋，蔓茵有一瞬间的恍惚，彭坦居然没有叫自己"小不点"，这是不是说明，他其实会在意我开不开心？

"嗯，我会的。"蔓茵嘴角上扬，点了点头，原来快乐是一件那么简单的事情啊。

晚上回到家里，蔓茵就开始计划参加彭坦的毕业晚会的事情，那天一定要把自己打扮得漂亮一点，让彭坦学长知道，自己真的不再是小孩子了。也许就是最后一次见面了，一定要让他把自己记在心里，很久很久。

四

空气里开始有了闷热的气息，彭坦为了全身心地集中精力复习文化课，已经有两周没有来上油画课了。

蔓茵整个人变得无精打采的，班主任已经开始找她谈话了，大意是马上就要进入初三了，要准备迎接中考，要专注于学习，不能有任何松懈。甚至说要打电话建议家长不让蔓茵去上油画课。"你现在的主要任务是文化课，你想学艺术以后上好大学了有的是时间。"看着老师语重心长的样子，蔓茵心里更烦躁了。

彭坦的毕业晚会选在学校里。那天，蔓茵从妈妈的衣橱里挑选了一件泡泡袖的束腰连身裙，精心打扮好自己后，迈着细碎的步子前往自己青春里的第一场正式的晚会。

第一次穿连身裙的感觉并不算太好，裙摆拂过小腿的感觉总是带着微微的痒，裙子也有些大，套在蔓茵纤细的身躯上，感觉整个人像一只即将飞起来的风筝一般。可是蔓茵还是勇敢地去了晚会。

星光从头顶落下来，洒在树影的缝隙里，初夏的风拂过少女的脸庞，带着温热的温柔气息。18岁的时候自己会是什么样子呢？也一样的成熟优雅吗？没有人知道这个14岁的少女即将奔赴一场重要的晚会，蔓茵幻想着一会儿彭坦看见自己时的样子，心里有小小的激动和忐忑。

蔓茵到达时晚会还没开始，高三的学长学姐们在学校的湖边搭建了简易的舞台，有几个少年在调试麦克风和吉他，所有人都很忙碌的样子。蔓茵在人群里搜寻彭坦的影子，可是她失败了。每一个人的目光都会在她身上停留几秒，他们对这个看起来稚气未脱的少女感到很陌生。

蔓茵不自在地躲在一个角落里看着欢笑的男孩女孩们，他们在谈论即将开始的大学生活，在谈论自己的理想和高中这三年的遗憾。也有人说起自己的某位老师，语气里满是留恋和不舍。

蔓茵觉得自己似乎不应该出现在这里，这是别人的离别晚会，与自己半点关系都没有，不是吗？来时的激动和开心被陌生的人群冲散了，剩下的只有失落和烦躁。

"嗨，蔓茵！"彭坦终于出现了，他远远地走过来，身边还跟着一位穿着公主裙的漂亮女生，长发披肩，气质优雅，脸上带着恰到好处的微笑。

"你妹妹呀？"走近了，女孩笑意盈盈地问彭坦。

"哦，不是，她是初中部的学妹，我在油画班认识的。蔓茵，这是希雅，我的好朋友。"彭坦云淡风轻地介绍两人认识。蔓茵心里涌起了一阵莫名的失落，只一瞬间，她突然好想逃离这里。

"希雅姐姐，你好！"蔓茵微笑着伸出手去，努力使自己显得成熟一些。

"哈哈，小丫头真懂礼貌。"叫希雅的女孩并没有握住蔓茵的手，只是摸了摸她的头，笑了起来。

蔓茵尴尬地收回手，不敢再看希雅的眼睛，只好向彭坦投去求救的目光，可是彭坦似乎并不懂得蔓茵的尴尬，他转即开始和希雅聊起对中央美术学院的期待。蔓茵一句话也插不上，最后只好打断他们："彭坦，我要早点回家，妈妈会担心我，再见哦！"说完这句话，蔓茵落荒而逃。

晚会已经开始了，有男孩女孩在简易舞台上唱歌，"向过去的悲伤说再见吧\还是好好珍惜现在吧\你寻求的幸福\其实不在远处\它就是你现在一直走的路……"是水木年华的《启程》。彭坦在身后说了一句什么蔓茵并没有听清楚，他的声音淹没在歌声里。

五

妈妈还没有睡，坐在阳台上煮茶。

蔓茵没有和妈妈打招呼，径直进了自己的房间，关上了房门。晚上发生的一切就像一个荒诞的梦境，灰姑娘去参加了王子的舞会，没有南瓜马车，没有水晶鞋，什么都没有，只有午夜十二点宣告舞会结束的钟声。

"蔓茵，能开一下门吗？妈妈有礼物送给你。"妈妈的声音从门外传来，蔓茵赶紧擦干眼泪，换下睡衣调整好情绪开了门。

"妈，我今天穿了你的裙子，去参加学长的毕业晚会。"蔓茵不好意思地告诉妈妈。

"嗯，我正好今天去给你选了一条裙子，你试试吧。"妈妈说完把一个包装精致的纸盒拿到蔓茵面前。蔓茵打开盒子，纸盒里躺着一条藕荷色的棉布裙子，领口和袖口都有精致的刺绣，裙摆缀着细碎的花朵，静雅如一株水百合。

蔓茵抱着妈妈的脖子狠狠地亲了一口，把裙子套在身上。

"蔓茵，真的很好看呢，像公主一样。"妈妈把蔓茵推到镜子前，蔓茵几乎不敢相信镜子里素净的甜美的少女就是刚刚那个从晚会上狼狈退场的灰姑娘。说不清缘由的，她的眼泪就落了下来。自己今天留给彭坦学长的印象实在是太糟糕了吧。

"蔓茵，你以前问过我很多次，为什么不穿书房那间衣橱里的衣服，其实原因很简单，那些衣服已经不适合我了。"妈妈把蔓茵拉到自己跟前，看着她的眼睛说，"我们成长的过程中，都有最适合自己做的事情，就像那间衣橱里的衣服只适合 20 岁的我，不适合 40 岁的我。"

蔓茵似懂非懂地听着妈妈继续说。

"你的学习成绩最近下降得很厉害。"妈妈停顿了一下，转身拿起蔓茵书桌上的英语书，翻到最后一页，蔓茵的心一下子提到了嗓子眼儿，脸涨得通红。那一页被她写满了彭坦的名字，还有自己上课时画的彭坦的侧脸。

"上周你的班主任给我打电话，说你最近状态不稳定，特别是英语，上次月检测只得了 89 分，英语一直是你的强项啊。我在检查你的作业时看到了这个。"妈妈揽过蔓茵的肩，"你今天晚上是去参加他的毕业晚会了吗？"

蔓茵默默地点了点头。

"我猜他一定是非常优秀的男孩吧，成绩很棒？"妈妈温和地问。

"嗯，他是我们学校高中部的，我是在油画班认识他的，他很优秀，他的目标是中央美术学院，应该考试成绩非常不错。"妈妈看起来并没有生气，蔓茵尝试着以最合适的方式告诉妈妈这件事情。

"嗯，但是你现在最需要做的事情是努力学习，努力让自己变得完美。我们一辈子都会遇见许多件漂亮的衣服，可是那些漂亮的衣服只有在恰到好处的场合，恰到好处的年纪，穿在最适合的人的身上才能彰显它的美丽。就像你今天穿的我的那条裙子，因为你还没有到穿它的年纪，所以漂亮的裙子看起来并不算漂亮，可是你身上的这条裙子比那条裙子逊色不了多少，却能让你怎么看都舒服。蔓茵，你能懂我说的话吗？"

"嗯。"蔓茵点了点头，她还并没有完全懂得妈妈的话，可是看着镜子里的自己，她长长地舒了一口气，似乎有一样东西在心里尘埃落定了一般。

六

蔓茵再也没有见过彭坦，他已经朝着他的梦想出发了。

蔓茵有时候会想，他会记得曾经有个傻乎乎的姑娘如向日葵一样仰望他吗？可是，记得或者不记得已经不那么重要了吧，因为那株向日葵已经找到了最适合自己的光芒。蔓茵又是年级第一名了，同学们还是会开玩笑说："哇，火星撞地球了，第29名占了第1名的宝座啦。"

"18岁的哥哥姐姐所经历过的事情，自己在未来的日子里也会一一经历吧，或许比他们所经历的更精彩。我在18岁那天也会穿上最适合自己的漂亮裙子，公主一样出现在毕业晚会上，用优雅的姿态和别人聊起我的梦想。"蔓茵在日记里写道。

妈妈的衣橱依然静静地立在书房里，蔓茵还是会偶尔去看看那些漂亮的衣服，幻想着妈妈的少女时代。

"五一"长假爸爸妈妈去旅游了，因为临近中考，蔓茵只有一天假期，便独自留在家里。

那天再次打开妈妈的衣橱，一本暖黄色封面的笔记本从衣橱的最下面露出了一角。蔓茵好奇地抽出来，原来是妈妈的日记。还有一封信，落款居然是爸爸的名字！

宋采薇：

　　……

　　这些裙子和衣服是为20岁的你设计的，等你20岁生日那天，你可以挑选一件穿上，在老地方等我。那时候你随便挑选哪一件都可以，因为我相信那时候，你已经懂得该要如何做出最完美的选择。

　　……

顾思远

1987年7月29日

　　原来爸爸也是妈妈曾经的学长！原来爸爸一开始学的是服装设计，而不是建筑设计！原来一向沉闷的爸爸也有那么浪漫的年纪！

　　蔓茵把日记本和信放好，原封不动地塞回了衣橱里。

　　阳光洒进了书房，空气里弥漫着淡淡的清香，窗台上的百合花泛着纯洁的光芒，像14岁的少女，温婉美丽。蔓茵坐在窗前，嘴角浮起了淡淡的笑容。她依然会幻想长大后的自己会遇上一个怎样的男孩，彭坦的脸庞依然会出现在她的脑海里，可是再也不会带着惆怅和迷惘了。因为她已经有了坚定的目标，并会为之努力奋斗下去。

　　有些东西，要等到最好的年纪，才适合自己。

　　成长总会伴着阵痛，因为要学会舍弃，可是这个过程终归是美丽的。

莫莉的夏天

一

莫莉赶到南川大学时，南川大学的盛夏音乐会已经接近尾声了。

莫莉有些难过，如果不是爸爸，她一定不会迟到；如果不是爸爸，此时她应该和男神林哲禹一起看这场音乐会。

不过让人感到欣慰的是，总算是赶到了。这可是林哲禹邀请自己来看的音乐会呢！想到这些，刚刚争吵的不快和郁闷也稍稍有些散了。莫莉在人群里寻找林哲禹的身影。

找了好半天并没有看到林哲禹，人太多了。听周围的人说，此时在台上唱歌的是南川大学传说中的音乐才女桑琊，灯光下的她一头短发，瘦削的下巴微微扬起，有些骄傲有些冷漠的模样。她深深闭着眼睛，保持着同一个姿势握着麦克风，轻轻张开嘴，空灵又略带温暖的声音直透人心。

莫莉从林哲禹那里听说过桑琊的名字，林哲禹对她颇为崇拜，听说她还没毕业就已经签唱片公司了，很有潜力。

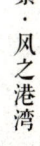

"你送我的吉他，多想再为你唱呀。可你这次离开，再也没有回来……"

是一首有些悲伤的歌，莫莉并不知道名字，但她已被旋律打动。

正当她听得入神时，忽然，桑琊对着麦克风用尽力气喊了一句让所有人都震惊的话。

"秦世贤，我爱你！"

带着些许悲伤的呼喊声响彻校园。人群静默了两秒钟，接着便响起此起彼伏的起哄声、口哨声。还有人在小声讨论着这个秦世贤是谁，居然是桑琊喜欢的男生，肯定很优秀。

莫莉有些羡慕地想，长大真幸福，可以大胆地向自己喜欢的男生表白。哪像自己，不过是想和喜欢的男生一起看一场音乐会罢了，老爸居然如此大动干戈，还说出"你出了这个门就不要回来"的话。

想到这些，莫莉忍不住朝舞台上的女生多看了几眼，然而她惊讶地发现，站在灯光下的女生此时正泪流满面。人群还在继续起哄，伴奏的声音混杂着人群的起哄声，原本好听的旋律，此时竟然变得有些滑稽了。每个人都沉浸在即将毕业的兴奋、喜悦、不安之中，这场音乐会也不过是一场告别的狂欢而已。没有人注意到舞台上悲伤得发不出声音的歌者。

长大到底是一种怎样的感觉呢？莫莉为刚刚的羡慕感到有些怀疑。

身边的哥哥姐姐在讨论一会儿去哪里吃离别餐，还有失恋的女孩偷偷哭泣，也有人在沉默地走向远处的黑暗里。

莫莉挤出人群，看着这场属于"大人"的音乐会，觉得自己就像个走错了教室的人。林哲禹还是没有出现，身边全是陌生人的脸。应该听爸爸的，在家看《中国好声音》就好了，来凑什么热闹。

莫莉有些沮丧地朝南川大学的校门走去。

二

大街上的人并不多，安静明朗。

南川大学旁边是莫莉就读的南大附中，莫莉就是在这里认识林哲禹的。爸爸在南大附中旁边的巷子里开琴行，卖一些适合学生用的价格适中的琴，主要还是帮人修琴，爸爸是个修琴师。南大对面是省音乐学院，所以店里生意还可以，还能顺便监督莫莉学习。

那天林哲禹带着自己的吉他来爸爸店里修，爸爸刚好去顾客家里修钢琴了，莫莉就让他在店里等一等。林哲禹闲得无聊，便拿了一把店里的吉他弹起来。

那是莫莉第一次那么近距离地看一个男生弹琴，他微微低着头，眼神专注地看着琴箱，修长的手指拨弄着琴弦，温柔婉转的旋律飘了出来。那旋律和着窗外初夏微风吹过的声音，像一首诗一般掠过莫莉的耳朵。莫莉并不知道他弹的是什么曲子，只是觉得很美。

林哲禹弹完了一支曲子，莫莉还没回过神来。

林哲禹伸出手在莫莉眼前晃了晃，莫莉这才羞红着脸捂住嘴巴，不让自己尴尬地叫出声来。林哲禹看着莫莉微笑着说："小妹妹，你爸爸还没回来，我把琴放在这里，等他回来你帮我告诉他。"

莫莉傻傻地点头，林哲禹转身朝门外走去。莫莉又追上去问："可是，我不知道你叫什么。"

林哲禹转过身来，他的脸逆着光，在初夏的阳光里有好看的轮廓。他拍了拍莫莉的头说："我叫林哲禹，过几天我会来取琴。对了，我是音乐学院高中部的学生，离这里不远。"

顿了顿，他忽然从背包里掏出一支笔，拉过莫莉的手，写下"林哲禹Sky"几个字，然后说："这是我的微博，你如果喜欢音乐可以来我们学校找我，微博发私信给我就行，我们学校里经常有活动。"

林哲禹离开时，莫莉还能感觉到停留在她指尖的来自男生手心里的温度。

莫莉就是从那天开始喜欢音乐的。

过去，她从来没有认真喜欢过音乐，因为在她眼里，音乐就是爸爸每天早出晚归要应付的那些琴，它们占据了爸爸的许多时间。爸爸虽然弹不出一支完整的曲子，却对那些琴颇有感情。莫莉不喜欢它们，因为它们，爸爸离自己好远。

可是那个下午之后，莫莉来琴行的次数多了起来。

三

"小妹妹，能借张纸巾给我吗？"莫莉正陷在回忆里，一个沙哑的声音吓了她一跳。

莫莉回过头来，身后站着的高个子女孩居然是桑琊。

不过此时的她全然没有舞台上那般耀眼，大概因为哭太久的缘故，她肿着眼睛，花掉的眼妆晕在眼睑上，整个人看起来陷在一种深深的悲伤里，不过悲伤也无法掩盖她的漂亮和与众不同的气质。

莫莉赶紧从包里翻出一包纸巾递给她，她接过去略有些尴尬地说："附近的便利店都关门了，一到暑假就关得早。"

莫莉应着，鼓起勇气说："我刚刚在南大听到你唱歌了，很好听。"

桑琊有些意外地看看莫莉，然后笑了笑道："你看起来才念初中吧，怎么混进来的？"

莫莉有些不好意思地笑道："那个……我家就住南大附近，门卫大叔认识我。"

桑琊回给莫莉一个"原来如此"的表情，然后对着小镜子仔细地卸妆。

莫莉想起刚刚音乐会上的那一幕，忍不住问："那个……我觉得你好勇敢！你刚刚喊的名字，秦世贤……是你喜欢的男生吧？"

说不上为什么，此时莫莉迫切地想找个人分享她和林哲禹的故事。关于林哲禹，她从未向别人提起过。她本来朋友就不多，林哲禹又是音乐学院的高年级男生，这对于莫莉的同学们来说，是另类的存在。

而爸爸呢，他恨不能林哲禹从此消失在莫莉的世界里。莫莉跟爸爸说起过林哲禹，她说："老爸，我觉得那个男生很帅耶，比你帅！"莫莉不过是开了个玩笑，一向和气的爸爸却忽然拉长了脸，说："不好好学习看什么男生！"

莫莉不知道爸爸在她的眼睛里看见了什么，总之，爸爸很快就修好了林哲禹的吉他。林哲禹取走吉他之后，再也没有出现在爸爸的琴行。

莫莉猜，爸爸一定跟林哲禹说了什么，不然他为什么再也没有出现过呢？

莫莉自顾自地讲着自己和林哲禹的琐碎故事，然后抬起头对卸好了妆的桑琊说："桑琊姐姐，我真羡慕你。你已经长大了，可以那么勇敢地跟自己喜欢的男生表白。我什么时候才能长大呢？"

夜风吹来，盛夏微热的风里裹挟着莫莉的忧伤。

桑琊摸了摸她的头，说："小丫头，每个人都会长大的，长大也并没有你想象中的那么好。"说着，桑琊垂下了眼眸，笑了笑接着说，"我刚刚喊的那个名字，秦世贤，是我的爸爸，我最爱的人，只是……他已经不在这个世界上了。"

莫莉惊讶地抬起头看着桑琊，她为自己的幼稚和唐突感到愧疚。

"哈哈,别那么同情地看着我,我没有难过,我只是想他了,而他一直在我心里。"桑琊帅气地甩了甩额前的短发,微笑着说。可是,莫莉仍然能看到她眼底的悲伤。

四

"我还从来没有认真喊过他一声爸爸呢……"桑琊讲起她和爸爸的故事。

桑琊的爸爸是火车司机,这曾经是桑琊的骄傲。幼小的孩子都对火车充满了迷恋。可是随着渐渐长大,桑琊慢慢明白,火车司机并不是什么神气的职业,因为爸爸每个月回家的次数她一只手就能数完。

"爸爸永远在路上,他不知道我长大了,不知道我上几年级了,不知道我考试得了满分,不知道我喜欢音乐了,不知道我谈恋爱了……"桑琊略有些沙哑的声音似乎浸满了悲伤,"偶尔我放假回来,碰上他也回家了,我们没有任何话可聊。他是个沉默寡言的人,他唯一能找到的话题只有他的火车、去过的城市、看过的山川河流……"

"其实……你爸爸的工作很浪漫呢!"莫莉由衷地说。

"我像你这么大时也这么觉得,可是我慢慢长大了,变得叛逆,我怨恨他从小不在我身边,我从来没有认真地想过他也有他的无可奈何。我们之间的话语越来越少,直到五年前,他去世……"

莫莉捂住了嘴巴,睁大了眼睛看着桑琊。盛夏的星光落在她的眼睛里,也掩盖不了那悲伤。

"那天他为了赶上我的毕业演出,临时与人换班,才换到那趟车,没想到那趟车出了故障,在过隧道时脱轨了。"桑琊的声音里听不出情绪，像是在讲别人的故事。

那天，桑琊第一次和自己喜欢的男生搭档表演，因为紧张，她的表现并不好。更让她不安的是，观众席里没有父亲的身影。演出结束后，她才知道父亲出事了。

"在你没长大的时候，你大概永远不知道，这世界上有那么多的来不及，来不及告别，来不及说我爱你。"桑琊苦涩地笑着，"后来，我把爸爸曾经开过车的线路全部都坐了一遍，我看到了他看过的山川河流、飞鸟和城市，我感受着他曾经感受过的孤独，终于明白，一直以来都是我在疏离他，而他承受着无奈和生活的重担，在努力靠近我……"

莫莉想起她摔门而出时，爸爸是怎样的表情？这一刻，她忽然特别想回家，想抱一抱爸爸。妈妈很早以前就离开了，是爸爸陪伴她成长的。五岁的时候，爸爸笨拙地给她梳童花头。七岁的时候，爸爸把她扛在肩膀上，去童装店给她挑裙子。九岁的时候，她和班里一个男生打架，爸爸去学校受对方家长的训。十三岁的时候，她第一次来例假，爸爸半夜去给她买卫生巾，回到家时，脸还是红的，她却笑得直不起腰来……

多么笨的爸爸啊，没有精英气场，没有豪车大房子，可是他把全部的生命都用来守护自己长大。自己到底是怎么了？居然会为了一个只见过一面的男生而跟爸爸吵架。

"你们只见过一面吗？"桑琊听到莫莉内疚地念叨，有些惊讶。

"嗯，只见过一面，他取吉他时我不在店里。后来，我注册了微博账号，给他发了私信，他邀请我来看你们学校的盛夏音乐会，他说，有他的偶像，你的表演。"莫莉说着。

桑琊云淡风轻地笑了笑。

"时间不早了，回家吧，回去跟你家老头子握手言和吧。"桑琊看了看手机，把吉他往背上一甩，对莫莉说。

两人朝巷子尽头走去。

五

路过音乐学院时,莫莉终于见到了她寻找了许久的林哲禹。

他正坐在音乐学院校门口的二十四小时咖啡厅外的露台上,给一个女孩弹吉他,很专注的样子。女孩看着林哲禹,甜甜地笑。弹完一曲时,女孩递给他一杯柠檬水,他抬起头接过去,看女孩的眼神像星星一样明亮。忽然,他的目光越过女孩的肩膀,看到了桑琊。他有些激动地拉着女孩的手走到露台边,兴奋地说:"这就是我给你说的南大的桑琊!"

女孩有些羞涩地看着桑琊,桑琊看了看身边的莫莉,莫莉张了张口,想喊林哲禹的名字,却没能喊出来。

她说不出来那是一种怎样的感觉,只是心里有一些细碎的薄冰瞬间消融了,变得柔软而无力。

林哲禹终于看到了莫莉,他挠了挠后脑勺,似乎在努力回忆什么,好半天终于想起来一般,说:"你是那个……那个南大门口的……小妹妹?"

原来,他已经忘了自己的模样。

莫莉深吸了一口气,微微扬了扬下巴,道:"嗯,琴行的少掌柜!"

林哲禹又看了看桑琊,有些惊讶地说:"你们……认识?"

桑琊拍了拍莫莉的肩,说:"她叫莫莉,是我的好朋友。"然后拉着莫莉走了,留下身后的林哲禹一脸"真的是这样吗"的怀疑表情。

走出了十多米,莫莉终于畅快地笑出声来。她为自己这些时日以来的悸动、不安、忐忑、怀疑、渴盼感到可笑。原来林哲禹不过是夏天里偶然飞来窗台的一只飞鸟,他落下的瞬间,翅膀上带着阳光罢了，而后又飞走了。只是画过的弧度在自己心里落下了一个影子。

现在想来，他们之间其实也并无太多交集，除了那一面之缘，莫莉对林哲禹的了解仅限于他的微博了。他会在微博上记录一些生活感悟，还经常分享好听的音乐，也会提到他欣赏的音乐才女桑琊。莫莉每天都会去看，并留下评论，林哲禹偶尔会回复。

林哲禹的每一次回复，都让莫莉激动不已。他就像个透明的影子，却在莫莉心里变得无限美好起来。

昨天下午放学后，莫莉终于鼓起勇气给他发了私信，她说："你最近在忙些什么呢？"

今天中午，林哲禹回复了她："今天晚上准备去参加南川大学的盛夏音乐会，有桑琊的表演。你也来吧。"

现在想来，也许这不过是他的一句客套话罢了，自己却当成了邀请，多么愚蠢。自己还兴奋地跟老爸分享，最后转化为争吵。

"不要急着长大，很多东西啊，需要你在长大的过程中才能慢慢明白。"分开的时候，桑琊对莫莉说。

"嗯。我相信我也会变成像你一样美好的大人。"莫莉微笑着。

六

快到家的时候，莫莉看见爸爸站在门口焦急地张望。可是当他瞥到莫莉时，却迅速回家了。

莫莉推开家门时，爸爸一副事不关己的样子坐在沙发上看电视，喝啤酒。那啤酒还在冒冷气，显然是刚刚打开的。莫莉蹬掉鞋子，跳到沙发上，搂住爸爸的脖子说："老爸，别装啦！演技太渣哦！"

老爸一脸嫌弃地推开莫莉，道："我装什么了？你有本事别回来呀！"

莫莉看着眼前这个三十多岁留着胡碴儿的男人，扶额道："这么幼稚，难怪这么多年也没给我找到一位貌美如花的妈妈！"

老爸叹了口气，跳过了莫莉的话题，认真地说："闺女，对不起啊……是老爸我误会你了，我以为你真要跟那个浑小子去看什么音乐会呢。既然认识桑琊怎么不早给我说嘛，让我白白担心这么久……"

"哎，等等！"莫莉意识到了问题的所在，"你跟踪我？你还认识桑琊？"

"我晚上吃太多了出去遛弯儿，看见你了而已！"老爸一边说，一边从书架顶上拿下一把吉他，"你不知道的事情多了去了，桑琊是我曾经教过的最有潜力的学生，哦，对……在没有你之前，我是一位优秀的器乐教师！"

莫莉再次惊呆了："可是你明明连一支曲子都弹不完整！"

"那是因为你以前不喜欢音乐，你说我捣鼓的都是些破玩意儿，我总不能对牛弹琴吧！"老爸说得一脸理所当然，"既然你现在喜欢了，我就把我藏的绝世才艺都拿出来，省得你见一个会拨弦的小子就找不着北。"

莫莉不好意思地吐了吐舌头。看着老爸认真弹琴的样子，莫莉觉得他真是帅呆了，一百个林哲禹都比不上！

窗外夏天的星空无比灿烂，琴声从小房子里飘出来，落在盛夏安静的夜里。

第二辑

橙·掌心温度

为你唱支冬日的歌

1

开学第一天，小栗跟行李箱站在一起，在图书馆的一楼，安安静静地看着来来往往的人群和陌生的面孔。

9月初的江城空气还很闷热，再加上人多，热浪一阵一阵地扑面而来，小栗感觉身上是黏糊糊的，再看看缴费窗口排队的小年，正在不停地拿左手擦额角的汗珠。小年那的天蓝色T恤的肩胛骨那里有一小片汗渍，像一朵开败的花，着实不好看。

小栗看得心疼，正想把自己的手帕送过去给小年擦擦汗，小年却回过头来，看着她咧开嘴笑着说："小栗，站那儿等我呢，不要走开喔。"

小栗微笑着点头，只好把手帕再塞回背包里。

终于交完了学费，领到了寝室的钥匙和教室牌号，小年开心地朝小栗扬扬手里的钥匙，快步走过来。

"唔，我们怎么会不在一个班呢？"小栗看着那两张纸片，小年的写着高一1班，而小栗的却是高一5班。小栗有些不知所措地看着小年,他们从小到大都在一个班的呀,怎么会现在没有被分到一个班呢?

"哦,这个,没事啦,不在一个班我也可以保护你的。"小年拍拍小栗的头,"我们有心灵感应的呀,难道你忘啦?"

小栗抿着嘴笑,小年总是能让她感到安心。就像他说的那样:"我是你的保护神哦。"

把东西搬进寝室,床铺整理好,小年就去男生寝室了,他还有一大堆事没弄呢。临走时他拍拍小栗的头,温和地说:"等我弄完了我来叫你吃晚饭,你乖乖在寝室等我。"

六人间的宿舍看起来还算温馨浪漫,阳台上还有上一届学姐留下的kitty猫的挂帘,粉色的,跟小栗的裙子一样的颜色,清新明朗的样子。六张桌椅已经被擦得干净锃亮了,不知是哪位好心的新室友擦的,小栗充满了感激。

小年走后,就剩小栗一个人在新宿舍里,她有些不安地坐在自己的书桌边,这时有人推门进来了。一个齐耳短发的女孩,高挑个子,穿一身肥大的运动服,一手拎了一个暖瓶放在了小栗旁边的桌椅旁,然后抬头对着小栗笑:"嗨,我叫秦格,格格的格。我们以后是室友了哦。"

叫秦格的女孩开朗明媚的样子,小栗有些不知所措,但还是微笑着伸出了右手:"很……很高兴认识你,我叫……叫林小栗。"

"哈哈,你妈怎么给你取了个这么土的名字啊,小丽,哈哈。"秦格饶有兴趣地笑着。

"唔……那个……是战栗的栗呢。"小栗不好意思地解释道。

"嗯,这个不错哦,要是美丽的丽可就俗气死了。"秦格自顾自地评论着。

两个女孩子就这样熟识了。秦格是那种性格开朗活泼的女生,跟小栗的性格截然相反。寝室其他女孩儿一一到来时,秦格都向她们介绍道:"我叫秦格,她叫林小栗。"仿佛她们认识了好久一样,小栗只是朝大家微笑致意，她是不喜欢说话的女孩。

二

紧张忙碌的高中生活就这样开始了，没有失望，也没有惊喜。

开学一周后开始竞选班干部，秦格竞选的是班长的职位，她的演讲慷慨激昂，博得了全班同学的喝彩，也当之无愧地当上了班长。这让小栗再一次对她刮目相看了，这个女孩周身都散发着一种自信的力量，这种力量恰恰是小栗没有过的。

是的，小栗从来没有自信过。因为她口吃，只要一紧张就口吃得不行。每次跟陌生人说话时，小栗的舌头总是不受控制，没来由地哆嗦。也许她的自卑就源自这里。

"小栗，你怎么不去竞选班干部啊？当班干部多棒，以后可以管别人啦。"秦格笑盈盈地回到了自己的座位上，小声问小栗。

"我不喜欢。"小栗摇摇头，摆出一个无可奈何的表情。

"唔，没事，以后我罩着你。"秦格握了握小栗的手，恰到好处的温暖的力度，让小栗感到安心。她喜欢秦格这样的女生，有一股强大的气场。上帝对自己真好，虽然说自己没有跟小年分到一个班，但是认识了秦格这样的好朋友，也是一件很美好的事呢。

那天下晚课后，小栗兴奋地跑到小年的教室门口等他，她要跟他分享她的新朋友，她的快乐。

"那个女生很厉害的喔，她今天当上了班长呢。"小栗告诉小年。

"当班长有什么厉害的，我今天也当上了班长。"小年刮了一下小栗的鼻子，得意地说。

"可是，可是，她……她……"小栗又激动了，"她是我在我们班最……最好的朋友啊。"

"嗯嗯，那可真是很厉害呢，能做小栗的朋友比当班长厉害多了！"小年笑起来。

小栗也跟着笑起来，小年总能很容易就让她笑起来。

"那么……以后我每周二、周四跟你一起吃午饭，周一、周三、周五跟她一起吃午饭，好吗？"小栗觉得自己不能再每次都拒绝秦格说要一起吃午饭的要求了，秦格可是她的好朋友呢。

"好哇，看你计算得这么清楚。"小年爽快地答应了，他为小栗的转变感到开心，她终于拥有自己的朋友了，而不只是拥有小年。

三

新学期总是过得很快，元旦马上就要到了，每个班都在准备节目。女生寝室更是每天晚上热闹得不行。但是这热闹与小栗无关，她什么都不会，不会跳舞，唱歌一紧张就结巴，演小品就更跟她沾不上边儿了，她只能当个合格的观众。

秦格的人缘特别好，这次她准备跟班里的几个男生弄个临时组合跳机械舞，他们每天放学后就会去图书馆的天台上排练。小栗偶尔跟过去看，大多数时候她就在图书馆看书，等秦格排练完一起回寝室。

她，始终是个局外人。

"小栗，你在这儿干吗？"小年不知道什么时候过来了。

"嗯，我在看他们排练呢。喏，那个女生就是秦格哦，很厉害吧。"小栗指着那个唯一的女生告诉小年。

"哦，这样啊。你要表演什么节目吗？"小年倒没觉得那个女生有什么过人之处。

"我不了，我什么都不会。"小栗吐了吐舌头。

"要不，你弹钢琴吧，好歹你也学了七八年，你挑首曲子，我唱首歌，跟你搭一个节目。"小年突然想起小栗会弹钢琴，只是上了寄宿高中，钢琴也没法带过来。

"唔，可以吗？"小栗的心亮了一下。她也渴望自己能变得优秀，变得耀眼，那样或许跟优秀的秦格走在一起看起来更和谐一些吧。

"怎么不可以啊，就这么定了。我明天跟我音乐班的哥们儿说一声，每天借你一个小时练习就可以了。"小年胸有成竹的样子。

当小栗把节目报上去的时候文娱委员睁大了眼睛看着她，这个消息马上在班里传开了：从不主动跟人说话只会跟在班长秦格后面的女生小栗要表演钢琴弹奏哦，而且还有一位外班的男生伴唱哦。

小栗不知道他们是嘲笑还是期待，但是这足以让她不知所措了，她无助地看着秦格。秦格却说："没什么大不了的，让他们开开眼界嘛。也许我们俩的节目是排在一起的呢，我会为你加油哦。"

秦格那种没什么大不了的表情总是能让小栗感到安心。

小栗选的曲子是《天空之城》，小年另外填了一首词，他们也开始每天放学后一起排练。

四

元旦晚会开始了，从幕布后面看着漆黑一片的观众席，小栗的心跳得越来越厉害了，小年一直握着她的手，她的手已经渗出了细密的汗水。

秦格他们的机械舞引爆了全场，尖叫声和掌声响成一片。当穿白色连衣裙的小栗和穿黑色礼服的小年出现在舞台上的时候，整个世界都安静下来了。

走到舞台中间，松开彼此的手，微笑，敬礼。

"小栗，你是最棒的，现在这个世界只有我和你，没有别人了。"小年轻声对小栗说。

走到钢琴前坐下来，白色灯光把小栗和小年笼罩起来，光芒圣洁，那一瞬间，小栗有着惊为天人的美。流畅动人的曲子和与之配合得犹如天籁的歌声，所有人的心都被震撼了。

同学们都不太敢相信舞台上的那个白天鹅一样的女孩儿是林小栗——他们班最不起眼的女生，老师一点她回答问题就结巴的女生。现在她正坐在三脚架钢琴前，手指像起落的蝴蝶，翅膀轻轻扇动，所有的音符便似有了魔力一般开始舞蹈。

但是，更让台下的秦格感到惊讶的是站在小栗旁边的那个男生。

她曾见过这个男生，在开学第一天女生宿舍楼梯转角处。他不小心撞到了她的暖瓶，抱歉地说对不起，一脸羞涩腼腆。后来在学校团委会上也见过一次，他是高一（1）班的班长，发言时思维缜密，铿锵有力。原来他唱歌这么好听，原来他是小栗的朋友，原来小栗有那么优秀的朋友，却一直都没有对她讲过。原来小栗钢琴弹得这么好，也从未告诉过她。原来……小栗是这样深藏不露的女生。她却一直当她很弱小，努力保护她，她却从未对自己交心。

最末的一个音符在空气中停留了一会儿，小年再次牵起小栗的手，鞠躬，走下舞台。

掌声是在这个时候响起的，震彻全场。小栗的心仍然在扑通扑通地跳着，快要蹦出来了，她拿右手捂着胸口，她甚至不知道自己是怎样回到座位的。

"林小栗，你好棒哦，钢琴弹得那么好！"后排的女生由衷地赞叹。

"是啊是啊，林小栗，你是今天晚上最闪耀的明星哦。"听不出真诚与否。

"那个唱歌的男生是谁啊？长得可真好看呢。"另一个羡慕的声音。

但是小栗什么都听不到，她在找秦格。秦格说过的会为自己加油的，可是她现在却不见了。难道秦格没有看到自己的表演，没有在台下为自己鼓掌加油吗？

一阵失落瞬间侵占了小栗的心，她最好的朋友，秦格，原来根本没有看过自己的表演，根本没有为自己加油。也许，自己还是那个灰暗的女孩吧，一无是处说话结巴的女孩，秦格怎么会为这样的女生鼓掌加油呢，她那么优秀，有那么多朋友。

五

元旦晚会结束后的那两个星期，小栗和小年是所有同学谈论的对象。只是小栗并不知道罢了，她依然过着寝室、食堂、教室之间三点一线的生活，也不主动与同学们说话。唯一的改变是每周一、周三、周五都是她自己一个人吃饭。

秦格依然阳光明媚的样子，身边围绕着许多朋友，笑声总能穿过人群钻进小栗的耳朵。她们之间莫名地竖起了一堵看不见的墙，她们在墙的两边各自委屈，各自猜测，谁也不主动找对方说一句话。

这个冬天似乎比以往都要冷，雪很早就落下来了。

小栗不知道秦格那天晚上为什么没有看她的表演，晚会结束后也没有向她解释什么，甚至都不愿意主动找她说一句话。

"小年，为什么会这样子？我在努力变优秀，不让自己在秦格的光环下显得那么灰暗，为什么她反而不理睬我了？"小栗的委屈只能告诉小年，只有在跟小年说话的时候她才不会结巴，她才会想笑就笑，想哭就哭。

"也许你们之间有什么误会呢，不要担心。过几天就是我们俩的生日了，你邀请秦格跟我们一起吃饭，主动一点，也许误会就能说明白了。"小年摸着小栗的头，温和地说。

"嗯。"

小栗不知道该如何向秦格开口,她便写了一张纸条夹在了秦格的英语书里。

那天英语课后,秦格当着所有同学的面念了那张小小的纸条:"秦格,我的生日快要到了,我想邀请你和我一起过生日。"念完后走到小栗面前,笑盈盈地说:"林小栗同学,我是女生哦,邀请我吃饭可以直接说的,不用小纸条哦,这样太含蓄了,你就喜欢藏啊?"

小栗的脸刷地一下红了,所有同学都哄笑起来:"小栗是林妹妹哦,要含蓄的。"

"对耶!小栗是会弹钢琴的公主哦,必须含蓄呢。"

小栗不明白秦格为什么要这样对自己,她不知道自己到底做错了什么,那个以前对她很好的秦格要这样戏弄她。可是她真的很在乎这份友谊。

"秦格,请……请……请你和我……和我……一起过……过……过生日,这……这个……很重要!"由于紧张,小栗涨红着脸,吐出最后那个字便落荒而逃。

小栗终于忍不住哭了出来,为自己的口吃,为秦格的戏弄,为这份友谊付出的努力。小栗的眼泪一滴一滴地落在雪地里,砸出一个一个的小坑,就像她那颗有些破碎的心一般。

秦格站在教室里,远远地看着小栗颤抖的双肩,烦躁起来。

六

秦格终于还是来了,还带来了一只大大的抱熊。

小栗拉起小年的手跑到秦格面前,笑容明媚。

当秦格看到小栗身边的小年时,不知所措地笑了笑,他们俩站在一块儿看起来真舒服。

"秦格,这个是我哥,我们是孪生兄妹,他随我爸姓,他叫周小年。"小栗把他们拉到餐厅座位旁，介绍道。

"你哥？……"秦格现在才发现，原来他们真的长得挺像的，难怪两人站一块儿看起来那么舒服。

"你好，我叫周小年，是高一（1）班的，我们在团委会上见过哦！"小年微笑着说。

"原来你们已经见过了，还不告诉我。"小栗假装生气道。

"我……我没印象了。"秦格不知所措地撒了个谎。

"呵呵，没关系。谢谢你对小栗的照顾，小栗说你是她最好的朋友，常常跟我说起你。"小年边说边给秦格倒了一杯橙汁，"小栗从小就不怎么爱说话，一紧张就结巴，所以胆子挺小的。但是上高中后感觉她变化挺大了，开朗了很多，真的很感谢你呢。"

秦格羞愧地低头不停地咬吸管，一句话都说不出来。

"秦格，我真的把你当我最好的朋友，所以，请你不要不理我。"小栗拿起手里的橙汁碰了一下秦格的杯子，真诚地说。

"不会的，我们是最好的朋友，我不会不理你的。"秦格居然也有如此温柔的时候。

雪已经融化了，窗外的阳光落在三个少年的脸上，明媚而晴朗。

遇见你

引子

"小周萌，我现在在波密县，一个坐落在西藏自治区东南部的边陲小县城。这里的秋天像一幅油画般，红黄蓝绿都生动活泼……"

高原的风轻轻擦过我的耳畔，带着帕龙藏布河深沉的呼喊，带着冰川亘古不变的沉默气息，带着念青唐古拉山的诗人般的忧郁。我闭上眼睛，在大脑里一遍遍搜索关于这个小城的所有细微处的美丽，然后尽量用美的词汇将它们表述出来，我知道，有个叫周萌的女孩在等待倾听这片遥远的风景。

银灰色的录音笔已经跟随着我奔波三年了，它的外壳已经变得斑驳不堪，可是录音效果一直很好。

就像某些记忆，即使被时间反复洗刷侵蚀，也依然鲜活灿烂。

一

三年前，22岁的我大学毕业，在北京一家叫《遇见你》的旅行杂志社做编辑。

也许是源于从小对旅行的向往，也许是受了三毛的作品的影响，我一心渴望着要用不断行走的方式来使我的生命变得饱满多姿。《遇见你》满足了我对未来的全部幻想，我对这份工作投入全部的热情和热爱，背着相机拽着地图到处去搜罗那些不为人知的美景。

北京是一座匆忙的城市，所有的人都停不下来，总有一股莫名的力量推着你在这座城市里横冲直撞。那些住在水泥森林里的人们需要一个安静的出口，需要对假期充满期待。《遇见你》就像一杯清新的茉莉花茶，总让人忍不住想要闭上眼睛，有片刻的宁静。所以这本杂志一直都卖得很好。

读者来信和来电是意料之中的事情，我随时做好了为他们解答疑难的准备。他们中的大多数都会问，某某景点最方便的乘车路线、消费如何、有哪些特色、最适合什么季节去。

所以当电话里传来一个脆生生的女孩的声音时，我有一瞬间的愣神。

"你好！我叫周萌，我想找一下松幸。"并不十分标准的普通话，但听起来却那么悦耳。

"你好，周萌，我就是松幸。"我还不确定这是一个小姑娘，还是一个与我一般年纪的女孩，因为她的声音与她说话的语气不是很相符。

"啊，你就是松幸啊！"她的声音里有掩藏不住的惊喜，"我看到你写的和顺了，还有你拍的和顺照片，真好看！我很喜欢你呢，真的哦！"第一次被另一个女孩这样直白地夸奖，我有些受宠若惊。

我猜想着电话那头的她有多么阳光明媚，一定像我窗前的风铃花一般，有风一吹就摇曳起来的笑容，或许，还有两个小酒窝。我压抑着心里的欢喜，颤抖着声音对她说"谢谢"。对于刚参加工作不久的我来说，这样的赞美是对我莫大的肯定。

"和顺在云南对吗？我还从来没去过云南呢，也不知道以后有没有机会去。"她兀自说着，声音里有些许忧伤，旋即她又快乐起来，"不过看了你拍的照片，我觉得我已经去过一次了哦！"

"你以后一定有机会去的，我相信。"我尝试着给她信心，说不清为什么，她的快乐里似乎带着惆怅。

"松幸，不打扰你了哦！我要去晒太阳啦！"她挂断电话的时候我甚至能闻到阳光的味道，我抬头看着窗外北京的天空，竟然如此蔚蓝。

二

这份工作并没有我想象中的那么简单，常常会遇到各种各样的问题，我甚至想过放弃，"梦想"似乎越来越代表奢侈而遥不可及。

又一次因为选题没有亮点而被主编训了一顿，下班后所有的人都走光了，我一个人趴在电脑前哭了出来。大城市的嘈杂喧嚣，想家的孤独，离开朋友的不知所措，工作的不顺心，一下子像开了闸的洪水般汹涌而来。

就在这个时候，桌上的电话响了起来。已经是下班时间了，原本是可以不接的，可是我还是鬼使神差般地接了起来，刚说出一个"喂"字，那边就传来了欢乐明亮的声音："是松幸吗？我还以为现在打过去没人接，原来你还在，真好！"是周萌，我几乎能感受到她小小的期待得到满足后的幸福。

"是呢，我还在，也许是在等你哦。"我和她开玩笑道，尽量使自己的声音听起来很平静。

"松幸，你有时间时来我的家乡看看哦，我的家乡叫宁南，非常美呢！一定不会让你失望的！"

"宁南，宁静之南的意思吗？听起来就很美呢。"

"对啊对啊，我家门前有一条清澈见底的小河，游动的小鱼在太阳底下就像闪闪发光的珍珠项链一样。河岸边一到春天就开满了蓝色的鸢尾花和白色的风铃花,所以我常常觉得春天的小河穿上了漂亮的花裙子,它的花裙子还会随风飘动呢……"那些句子从她的嘴里说出来,经过无数电流的传播,到达我的脑海时已经变成了一幅美丽的画卷。

我几乎不敢相信,一个12岁的女孩能将自己的故乡描述得这样美丽而吸引人,她所生活的地方一定美得如诗如画吧。

电话那头的周萌让我想起了我的故乡,一座南方小城,有曲曲弯弯的河流,镂空雕花的石拱桥,久经岁月的青石板路,苍翠欲滴的竹林,还有我的老祖母。只是后来我来北方上大学,很少回家,所以那些水墨般氤氲在内心深处的记忆,竟有一天变得模糊起来。

而此刻,我少时的记忆似乎被周萌开启了一般,又一点一滴地变得清晰,变得轮廓分明了。我在电话里承诺她:"我一定会来宁南的,以后你就可以在《遇见你》上看到你的故乡了哦。"我甚至开始幻想她在杂志上看到自己的故乡时会绽开怎样明媚的笑容。

周萌兴奋起来:"松幸,你等我哦,我要给你写信,我会告诉你我们这里的地址。我还要给你画一张我们这里的地图,我在中国地图上没有找到宁南,你拿着我画的地图就可以找到宁南了。"

我被她逗得笑了起来,心里的阴霾一点一点地散开了,还多了一份期待。我开始期待她的来信。我已经在心里默默当她是朋友了,一个小我十岁的朋友。周萌从未叫过我松幸姐姐,也许在她的意识里,我也是她的朋友吧。

我被自己的想法弄得快乐又甜蜜,心里像吃了蜂蜜一般,甜甜的,暖暖的。

我仿佛又回到了少女时代,对友谊小心翼翼地渴望又期待,那是一种阳光和季节被揉碎了的复杂情绪,摇曳不安;又像是一船满载的月光,漂浮在时光的河流上,伸手可及,心里却又总是

不安定，怕握到的是虚无。

原来那个敏感的少女从未长大过。我在心里对自己这样说，不知道是安慰，还是苦涩的批评。

三

一个月后，我果然收到了周萌的信。

简单的白色信封，娟秀的字迹像刀刻的一般。周萌真的给我寄了一张她手绘的地图，画得并不好，很多地方我没有看懂。可是我知道她是很用心画的，画得那么细致，河流、道路和山都用不同颜色的线表示。我看着那张并不精致的地图，竟然有想哭的冲动。

周萌在信里告诉我，她的爸爸和妈妈都是很伟大的人，他们种了金灿灿的稻谷和麦子。她还告诉我她的爸爸喜欢抽旱烟，妈妈喜欢晚上守在电视机前看电视剧，奶奶总是搬张小凳子坐在院子里给她讲故事。

周萌的信写得很长，整整写满了四页纸，写的都是些琐碎的事情，可是我读得并不乏味。

这个女孩让我觉得世界的每一处都存在美丽，只要我愿意驻足欣赏。

我把周萌的信收藏在长期随身携带的笔记本里，那一期杂志的选题会上，我报了宁南。毫无意外地，主编又当众批评了我，"松幸，这是工作，由不得你任性的。宁南是一个没有任何特色的小县城，你打算去拍什么，写什么？"我在同事们异样的目光里倔强地坚持着，我知道这份摆在主编面前的选题表现的毫无特色，可是我相信这座小县城一定有不为人知的美丽。我耳边又响起了周萌诗句般的描述。

最后在我的坚持下，主编摆了摆手说："好吧，你去吧，希望你能带给我们惊喜。"

三个小时的飞机，六个小时的火车，两个小时的汽车，一路颠簸辗转，我终于在天还没完全黑下来之前赶到了那个叫宁南的小县城。

从破旧的短途汽车上走下来的瞬间，我不知道该要如何形容我的失望。这是一个毫无特色的荒凉的小镇，狭窄的土疙瘩马路上尘土飞扬，超载的三轮车颤抖着身子与我擦肩而过，车上衣着破旧的人们摇摇欲坠。赶着牛羊晚归的农人用看外星人般的目光打量着我，我窘迫得不知所错。

我开始怀疑我是不是找错了地方，这里真的是周萌所描述的那个美丽的小镇吗？

那天晚上，我躺在陌生小镇简陋的旅馆里，怎么也睡不着，心里似乎塞了一团东西，不软不硬，但仍硌得难受。仿佛一个成年人一下子掉进了一个孩子的陷阱，毫无防备的，可笑而荒唐。

四

第二天我仍不死心地把小镇走了一遍，努力想要找到一点可以进入镜头的景致。

然而，我失败了。我没有找到周萌给我讲的那条穿着花裙子的河流，没有找到翘屋檐的竹楼，也没有找到古老曲折的井字街……就像一下子从一个热闹的梦境里醒来了一般，我的心里空落落的。

也许，根本没有周萌！我被自己荒诞的想法吓了一跳。

那天下午，我转到了小镇学校，已经多处掉漆的"宁南小学"的牌子又把我拉回了现实里。操场上有一群孩子追着一只篮球跑，他们黑里透红的脸上挂着晶莹的汗珠，挂着纯真无邪的笑容。那是我很久未见过的笑容，我原本失望的心一下子柔软下来了。

宁南小学的一位老师告诉我，的确是有一位叫周萌的女孩，但是她已经退学了。

"为什么？"我的心紧了一下。

"周萌是个好孩子啊，她家住得远，上学要经过一条河。今年开春的时候连续下了半个月的雨，河水涨过了岸，她上学时不小心掉进了水里，抢救不及时，保住了一条命，但是医生说她的视力会越来越差，以后可能会看不见……"那位老师说着说着就抹起了眼泪。

我心里突然漫过了一片潮湿的海洋，耳畔还回响着周萌快乐明亮的声音，像叮咚的泉水，澄澈动人。我无法相信这样一个女孩会看不见，她明明在给我讲那些美丽的风景，她明明描述得清晰具体……

我要了周萌家的地址，赶到时太阳已经挂在山腰了，周萌家的小院笼罩在夕阳的余晖里，简陋却温馨。她家门前的确有一条小河，这个时节没有花开，但真的是清澈见底。

坐在院子里的红衣女孩眼神空洞，她正在给奶奶讲前童古镇，"奶奶，松幸告诉我那个地方有很多小吃哦，还有最好看的木雕花轿呢。每年元宵节的时候，前童还会有灯会，像电视里演的一样，可热闹了。松幸去过好多地方，我特别羡慕她……"

"萌萌，等你以后治好了眼睛也可以去那些地方呢。"奶奶正在洗衣服，有一搭没一搭地和她聊着。

"奶奶，方医生说了，我的眼睛好不了了，可是我不怕，因为我脑袋里记住了好多好多美丽的风景。松幸说了，很少有人知道前童古镇，你看，别人不知道的我都知道了。"

"萌萌记性好，松幸以后还会给你讲的。"

"奶奶，不会了，松幸一次都没有给我打过电话，也许她很忙吧。我以后看不见了，也不用石头哥哥给我寄杂志了，你帮我给石头哥哥说一声喔。"周萌说得那样平静，我难以想象这个女孩只有 12 岁，她用一种我所无法想象的坚强在接受命运的宣判。

　　我站在院门口，偷偷看着院子里的祖孙俩，眼泪夺眶而出，不敢踏进去半步。

　　太阳已经落到山下了，只留下一道金色的光芒，并不强烈，却刺得我的眼睛生疼。

后记

　　我默默地回了北京，记忆里从此驻扎了一个叫宁南的小镇和一个叫周萌的女孩。

　　我开始学会记录，学会倾听，学会表达，学会放慢脚步感受这个世界的美，甚至学会了在平淡无奇的生活里寻找美的姿态。我买了录音笔，随身携带，我录下了风穿过树林的声音、鸟雀歌唱的声音、浪花拍打海岸的声音、城市夜晚偶尔呼啸而过的汽车的声音……

　　我会一个人对着录音笔讲述我所经过的城市、小镇、乡村……然后刻成碟，寄给周萌。

　　我知道所有的声音在周萌的世界里都会变得具体而清晰，她会把这些声音还原成美丽的画卷，刻在她的脑海里。

　　那一期我发在《遇见你》上的稿子写的是一个叫小萌的女孩，她给自己的心开了一扇明亮的窗，看见了别人看不见的世界。

与天使相约守护你

闪光的树叶生长在4月，葱绿的校园里，少年在操场上奔跑。阳光仿佛一块透明的玻璃照在每一张年轻的脸上。

同学们都在讨论学校旁边新开的那家叫旧时光铺子的小店，听说这家店很神奇，在那里买礼物不需要钱，只需要让店主给自己拍一张照片就好。更神奇的是，店主能在对方毫不知情的情况下把你选的礼物送出去，也就是说，这家店提供的服务是秘密配送，交换的条件是一张照片。

"听说那家叫旧时光铺子的小店店主挺怪的，所以我还是有点怕进去。"长得高瘦的女孩声音里充满好奇和期待。

"哈哈，你想偷偷地给谁送礼物啊，顾言学长吗？"她旁边的大眼睛女孩似乎更关心好友要送礼物的对象。

"不八卦你会死啊，真是讨厌呢。"高瘦的女孩心虚地作势要打身旁聪明的朋友。

两个女孩笑闹着从穆苏儿和许菁菁身边跑过去，带起一阵薄凉的风，轻轻擦过苏儿的耳际。苏儿羡慕她们，明亮欢乐的样子，像这个季节盛开的花朵和摇曳的柳叶，不像自己总是这么灰暗。

"讨厌，顾言学长才不会喜欢这种疯闹的女生呢。"许菁菁拉着苏儿的手，一脸不高兴地说。

"哦。"苏儿仍然一副无精打采的样子，她对这个传说中的顾言学长没什么兴趣，更具体点说，现在的穆苏儿对什么都没有兴趣。

"苏儿，我也想去参加学校的话剧社，他们开始招新生了。你陪我一起去吧，多认识一些人开心的事就多了。"许菁菁担忧地看着眼神黯然的苏儿。

"我不想去，你不用担心，我会好起来的。"苏儿头也不抬地说，心口狠狠地疼了一下。她也不明白自己为什么会变成这样，自从妈妈莫名消失后，以前那个活泼开朗的穆苏儿也跟着消失了。爸爸从来没有解释过妈妈去了哪里，苏儿感觉自己简直就是活在一个谎言里。

"苏儿，这次招新生是顾言学长亲自主持的，我们一起去吧，好不好？"许菁菁还是没打算放弃，苏儿是她从小到大的好朋友，也只有她知道苏儿为什么突然间会变成这样。

"唔，好吧。"苏儿终于妥协了，许菁菁对顾言学长的崇拜已经超过了她对苏打绿的喜欢。

二

开学时的迎新演出后，像许多其他女生一样，许菁菁就一直在校园里搜寻顾言的身影，故意多走一层楼梯从他的教室面前走过，故意在课间附在窗台边望着楼下的篮球场，故意天天放学后跑到话剧社门口偷看他排演。

"听说他和林梓熙学姐是话剧社的'黄金搭档'。"

"好像高一刚进来时就开始在一起演话剧了。"

"真是完美的一对，超羡慕啊。"

苏儿课间总会听到女生们在谈论顾言学长和梓熙学姐。

站在话剧社那块招新生的大牌子下，许菁菁紧张得直搓手指，苏儿也有些紧张起来，许久没有参加过这样的活动了，一年的封闭时光让她变得不善言语。

"没事的，放轻松点。"一个温和的声音从身后传来，是林梓熙在给新生们打气，她留着乌黑的长发，小小的脸颊红润得像樱桃，嘴唇涂着淡淡的唇彩，笑起来时楚楚动人。4月柔软而明亮的阳光从窗户边照进来，她整个人仿佛浸泡在光芒里一般美丽。

"噢，是梓熙学姐！"苏儿脱口而出，果然是优秀的女生。

"你是谁啊，怎么知道我？"那女生走了过来，俯下身看着低头的苏儿，轻轻笑着。

"我……我是穆苏儿，高一5班的。上次……上次在迎新晚会上看过学姐演出。"苏儿回答道。

"是上次我和一个学长的话剧演出吗？"女生的眼睛放出很明亮的光。

"嗯。那个学长……"苏儿吸了口气，"他……他和梓熙学姐的那场演出很棒。这个是我的好朋友许菁菁，她很崇拜那位学长。"苏儿把许菁菁推到了面前，许菁菁尴尬得脸红到了脖子根。

"嘻嘻，你们真可爱。"女生轻轻摸了一下苏儿的短发，继续说着，"那个学长也在这里哦。"

随即她转身高兴地喊："顾言，过来啊，这里有你的'粉丝'呢。"

男生一步一步沉稳地走上来，果然是个很好看的男生。许菁菁的指甲快要抠进苏儿的肉里去了，苏儿小声说："长点志气，人家要过来啦。"

男生的声音已经降落在苏儿耳朵的机场内："你们……是在找我吗？"

"我……我是高一5班的穆苏儿。我的好朋友许菁菁，她……

很崇拜你。"苏儿微微抬了抬头看着顾言学长，那张少年帅气的面容，的确是能迷倒很多女生的类型，难怪许菁菁对他如此着迷。是自己太久没有关注身边的生活了吧，苏儿自嘲地想。

"唔，我叫许菁菁，我是苏儿的同学，我……我们都很崇拜你。"许菁菁努力稳住自己颤抖的声音。

"欢迎你们加入话剧社，我要忙去了哦，多跟梓熙学姐聊聊吧。"男生温和地说，看得出来他对这样的追捧和表扬已经习以为常了。

三

世界在暗处孵出美丽的蝴蝶，一直贴在女孩的心里，什么时候飞出身体，她不知道。

"苏儿，他们俩好般配哦，他叫她梓熙，多亲切呀。本来还想给他准备生日礼物的，现在想想还是算了吧，别人也许根本就不会稀罕。"招新生大会后许菁菁落寞了好几天。

"你怎么知道人家不稀罕？这么没志气呀？我带你去个地方，你给他挑选一件礼物吧，一定是最特别的。"苏儿突然想起了那家叫旧时光铺子的店，最近许多人都在讨论这家店。

"你是说旧时光铺子吗？"许菁菁的眼睛也一下子亮了起来，但是很快又暗淡了下去，"听说那家店很奇怪呢，用照片交换礼物，现在这么多骗子，我有点害怕。"

"去，还是不去？"苏儿拉起许菁菁的手，干脆地问。

"好吧，试试吧，顾言学长值得我冒险。"许菁菁一副信心满满的样子。

苏儿努力在脑海里搜索同学们所说的位置，试探着寻找，穿过学校后面的一条狭长街道，在第一个路口左拐进去，果然有一家装修温馨的小店。玻璃门上挂了许多粉色格子蝴蝶结，旁边"旧

时光铺子"的店牌倒不是很起眼。从外面看，里面的陈设和一般的礼品店差不多，没有什么很特别的地方。

苏儿忐忑不安地走了进去，却没有看到那个传说中很奇怪的店主。

"请问有人吗？"

只有自己的声音在小店里回荡，静谧得吓人。

"请问有人吗？我要选礼物。"苏儿的声音已经有些颤抖了，仍然没有人回答，许菁菁死死地拉着她的手。

正当她准备走的时候，里间走出来一个男生，十七八岁的模样，穿青色格子衫，那张俊朗的脸却冷得吓人，俨然一副拒人于千里之外的架势。

"对不起，我……我听说你这里卖礼物……我……"苏儿语无伦次地说，几乎不敢看男生的脸，她从未见过这么冷漠的脸。

"我这里每天只送出九份礼物，今天已经送完了，明天再来吧。"男生的声音同样透着寒气。

苏儿点了点头，就在那一瞬间她瞥到了男生手腕上的那条手链，心里像划过了一道闪电一般，正准备开口，许菁菁就死劲把她往外拽。

许菁菁拉着她跑到巷子口才停下来，回头看了一眼那家店，在一片门脸灰暗的老旧店铺里显得那么格格不入。

"苏儿，不去了，再也不去了，这男生太奇怪了。"许菁菁喘着气说。

苏儿却神情恍惚，男生手腕上的那条手链，那条绿松石穿成的手链，与自己的那条一模一样，可是自己的那条已经被妈妈带走了，不知道现在在哪个地方哪个角落。那条她带了十一年的手链，出现在一个陌生男生的手上，这到底是怎么回事呢？

四

苏儿不知道自己是怎样走回家的。一路上所有的回忆都排山倒海般在她的脑海里打着旋涡，从她记事起，那条手链就一直在她手腕上。妈妈是个爱旅行的人，每年都会去许多地方旅行，她都快把整个中国走遍了，赶在寒暑假的时候会带上苏儿，但是大多数时候她都是独自去。那条手链就是妈妈在一次旅行中给苏儿带回来的礼物。

苏儿知道爸爸很爱妈妈，他包容她的理想主义，包容她的任性。可是为什么妈妈还是要离开呢？苏儿想不明白，问爸爸，爸爸却什么都不说。

"爸，我想问你一件事。"一年了，这是苏儿第一次主动跟爸爸说话，苏儿一直怨爸爸没有给自己一个合理的解释。

"苏儿，关于妈妈的离开，你以后都不要再问了。"爸爸看着突然之间转变的女儿，却仍在担心她追问了许久的问题。

"不是关于妈妈的，我只想问你，我是不是曾经有个哥哥？"离开旧时光铺子以后，这是苏儿唯一能找到的可以解释手链为什么出现在男生手里的理由。

"什么？曾经……有一个哥哥？"爸爸被苏儿的问题吓了一跳，他不知道女儿这是怎么了。

"如果我没有一个哥哥，那么，我不是你们亲生的孩子对不对，所以妈妈不想要我了对不对？"这是电视剧里的桥段吧，可是苏儿不知道要怎样解释这一切，电视剧里不都是这样演的吗？

爸爸的脸一阵苍白，如果可以，他真的宁愿时间能够倒回去，早一点告诉苏儿这一切。如果那样，也许一切都不会像现在这么糟糕了。

"苏儿，不管怎么样，都请你相信，我和妈妈都是很爱你的。有些事情，我本想等你成年之后再告诉你，现在看来，你是必须知道了。"爸爸眼神里的柔和光芒让苏儿的心咯噔了一下，她不希望自己的猜测是真的，她突然宁愿自己没有去那家店，没有问起这一切，日子还是平淡如水地过下去。

"我和你妈妈从大学时就相恋了，我很爱她。但是她没有生育能力，为此她很愧疚，她一直希望我们离婚，直到有一天她遇到了你。当时你还是一个躺在襁褓里的小婴儿，被人遗弃在铁轨边，放在襁褓里的还有一串手链，就是你一直戴在手上的那串绿松石手链……"

"原来我真的不是你们的孩子，我真的是个弃儿……"苏儿的眼泪夺眶而出，"那么妈妈呢，她现在在哪儿？"

爸爸深深地叹了口气，继续说道："去年，她说她要进行最后一次旅行，说要扔掉那串手链，那串带着不美好的记忆的手链，从此安心爱你，保护你，和我一起守护你长大。但是……后来她乘坐的那趟列车出事了，她……回不来了。"爸爸的声音越来越低，最后变成了无声的哭泣，这是苏儿第一次看到爸爸哭。

苏儿的脑海里一片空白，14岁，世界突然变得如此混乱。有些人命中注定要被遗弃，有些东西命中注定要被失去吧。那天晚上，苏儿躲在被窝里哭了很久，直到哭累了才睡着。

五

"菁菁，你再陪我去一次旧时光铺子吧，有些事情我需要弄明白。"周一放学的时候，苏儿对许菁菁说。她仍然隐约地觉得那个男生手腕上的那串手链与自己有关系，如果爸爸说的所有的话都是真的，那么这串手链怎么会在他手里，而且，这家店真的很奇怪。

依然是那条窄窄的巷子，两个女孩再次光顾了旧时光铺子。

还是那个一脸冰霜的男生，对于客人的光顾并没有一丝表示欢迎的热情。

"你好，可不可以告诉我，你手上的这串手链是哪里来的。"苏儿故作镇定地直视着男生的眼睛，问出了自己的问题。

"我没有必要告诉你。如果你想挑选礼物，请先自己去拍一张照片，正好今天还有最后一份礼物可以挑。"男生冷冷地指了一下旁边的小柜子，蓝色的，就像拍大头贴的那种小隔间一样。

"我只想要你手上的那串手链。"苏儿并没有被她的冷漠打倒，许菁菁拽了拽她的衣角，小声说："苏儿，要不算了吧，你到底要干什么啊，我都不想送顾言学长礼物了。"

"先去拍照片吧，店里的规矩是拍一张自己的照片换一份礼物。"男生说完转身回了里间，一副不想再跟苏儿纠缠下去的模样。

"苏儿，我看还是算了，你看他那态度，拽什么拽啊！"许菁菁对着男生的背影翻了个白眼。

"你等我，我拍照片去。"苏儿没有理会许菁菁的劝告，径直走进了那个蓝色盒子。

时间一分一秒地过去了，苏儿很久都没有出来，许菁菁越来越不安起来。这个店从里到外都透着一股诡异的气息，她不得不为苏儿担心起来，可是又不敢去敲小盒子的门，她不知道会发生什么。

半个小时过去了，苏儿终于出来了，带着一脸的泪水，无论许菁菁问什么她都不说一句话。这时店主走了出来，把手腕上的手链摘了下来，送到苏儿跟前："好了，这个物归原主。我知道所有来这里的人都是带着关于爱的秘密的，但请你相信，我们失去的人和事都会变成守护我们的天使。"男生脸上显现出从未有过的温和，苏儿突然觉得他周身有一种圣洁而美好的光芒，这是天使的光芒吗？

站在旁边的许菁菁看得一愣一愣的，完全不知道发生了什么。

苏儿把手链重新戴在手腕上，拉着许菁菁走出了旧时光铺子的门。

六

"听说那家旧时光铺子的店搬走了,我还没给顾言学长送礼物呢。"

"是呀,好可惜,我还从来没去过那家神秘的店呢,连是什么样子都不知道。"

女生们的声音里有叹息和好奇,苏儿踏着轻快的步子经过她们身边,嘴角扬起了笑容。那些秘密现在都解开了,虽然心里还是带着深深的痛,但是整个世界都变得明朗起来。4月的阳光像一杯醇美的酒,带着芬芳的味道,洒满了校园。

那天她走进蓝色盒子以后,看着那个小小的摄像头,一阵晕眩。晕过去的那一瞬间她听到了妈妈的声音:苏儿,原谅我不能守护着你长大,这条手链,我本来打算在这次旅行时将它送回你的出生地,你不应该带着这么悲伤的物品长大,可是现在来不及了……不知道你还记不记得小时候妈妈给你讲过的一个故事,一个关于天使的古老传说。这个世界上有一种天使,他会收集许多被人遗弃的旧物,那些物品背后都有一个故事。当他想要守护某个人的时候,他会把这件物品还到主人手里,他会努力找到它的主人。苏儿,我希望你被守护……

也许,旧时光铺子的店主就是妈妈派来守护自己的那个天使吧。

关于旧时光铺子的传说渐渐地被人淡忘了,但是苏儿知道,天使一直都在自己身边。

她决定好好爱爸爸,好好生活下去,走好未来的每一步,因为被守护的人最幸福。

③

第三辑

赤·孤独者歌

岁月里陪你看夕阳

一

我不喜欢吴杏花,单单她这个名字就足够俗气了,而且她还是个虚荣的老太太。

吴杏花有两个儿子和一个女儿,大儿子在国外,许多年没回来了。小儿子和女儿都在市中心买了房子,很少回来,虽然回来一趟也不过两个小时的车程。

所以,吴杏花是个独居的老太太。直到她将我带回家。

我原来的主人是个年轻的富家太太,一位典型的高端大气上档次的土豪。对了,"土豪"这个词我是从阿美那里学来的,这是后话。可惜我原来的主人后来又有了新宠,一只纯种蝴蝶犬。我是一只有骨气,有自尊心的狗狗,所以我知趣地离家出走了。

不过我没想到会遇到吴杏花,早知如此,我宁愿在那里忍受土豪太太的嫌弃。

吴杏花捡到我时,我是灰不溜秋的。她把我带回家,给我洗了澡,洗完发现我是白的,顿时惊喜得不得了,就像她好大的功劳似的。那明明就是我的真容好不好？我好歹也是一只纯种贵宾呢！

接下来的事情更是出乎我的意料。

吴杏花给我戴上艳俗的大红色蝴蝶结，拉着我到小区里遛了一圈，逢人就显摆道："我儿子和女儿怕我闲着无聊，就给我买了一只小狗仔，叫旺财。"

什么？我叫娜娜啊！怎么会叫旺财呢！我不满地嚷嚷起来，吴杏花就乐了，一脸幸福地说："看，旺财还怪懂礼貌的。"

有眼光的人会夸一句："这狗不错，可贵了呢！"

没眼光的人就揶揄吴杏花："吴老太，您儿子什么时候回来的呀？真孝顺！不过这狗狗也太瘦了点吧？"

一连一个星期，我都在饱受屈辱。虽然吴杏花待我很好，每天给我煮火腿饭吃，偶尔还去楼下肉铺子给我讨点肉骨头来。可是这些一点儿也改变不了我讨厌吴杏花的事实，真是个虚荣的老太太！

二

就在我以为我的狗生从此再无转机时，阿美出现了。

人类常常会说到"天使"这个词，阿美出现的时候，我第一次知道了天使的含义。阿美是个十岁左右的小姑娘，扎着双马尾，别着金色的发箍。那天，她穿着一双粉红色的雪地靴出现在我面前。

那天吴杏花带我到楼下散步，走了一圈她累了，便坐在楼下的长椅上打起盹来。老人大概都是这样的吧，容易累，早晨睡不着，下午却动辄就犯困。可是，这和我有什么关系！为什么你睡着的时候还要拉着绳子不让我活动！讨厌的吴杏花！

阿美就是在这个时候出现的，她甜甜地笑着朝我走过来，边摸我的头边问我："你就是吴奶奶捡的那只狗狗呀？她把你捡回来的那天我正好看见了，灰不溜秋的，哈哈哈……没想到你居然是白色的，真可爱！"

我羞涩地朝她"汪"了一声，她接着说："我领你转一圈吧，一会儿送你回来。"

真是我的天使呀！知道我在想什么呢！

于是她轻轻地从吴杏花手里抽出绳子，带着我散步了。那天下午的阳光很温暖，我走在她前面，觉得幸福极了。

可是我们没想到的是，吴杏花居然那么快就醒过来了。阿美带着我回到楼下时，吴杏花正惊慌失措地在楼下兜圈子，显然她是在找我。她胖胖的身子被阳光拉得长长的，和树影一起拖在地上，显得那么孤单。

那一瞬间我心里有点儿难过，虽然我讨厌吴杏花，可是我也会心疼她。

不过这心疼并没有持续多久，因为当吴杏花转身看到阿美和我时，居然二话不说冲过来，从阿美手里夺过绳子，大声训斥道："你是从哪里来的野丫头？你刚刚把旺财带到哪里去了？"

我的天使居然一点儿也不生气，她笑嘻嘻地对吴杏花说："吴奶奶，我是楼上的阿美呀，你不记得我了吗？我刚刚见你睡着了，怕旺财无聊，就带它转转……"

不等阿美说完，吴杏花就打断道："真是多事的丫头片子！"然后拉着我，气呼呼地回家了。我回头看着我的天使，站在阳光下，眼神里满是委屈。我更讨厌吴杏花了！

三

很长一段时间里，我都不怎么理睬吴杏花。

倒是阿美，每周都会来我家，每次都会给我带好吃的。偶尔也会找吴杏花聊聊天，虽然吴杏花对她总是冷着一张脸。阿美每次离开的时候，都会上六楼去看看。我曾听吴杏花跟人聊天时说，六楼是一间空房子，那里很久都没住人了。不知道阿美上去看什么。

人类真是奇怪的生物，我弄不懂他们到底在想什么。比如阿美，那么好脾气的姑娘吴杏花居然不喜欢她；比如吴杏花，明明很孤单，却每次都在小区里跟邻居们吹牛，说自己的儿子、女儿又给她寄什么好东西了，又给她打电话聊工作了。

其实，她的那部古董手机已经很久没有响了。

不过我是一只聪明的狗狗，想不明白的事情我从来不多想，想太多了会很累的。

有一天，阿美离开的时候，我偷偷地跟出去了。我看着她上了六楼，跟上去时，发现她居然掏出钥匙打开了那扇门！

那果然是一间空房子，只有几件老旧的家具，可是却干干净净的，一尘不染。阿美走到一个柜子前，拿起一张照片，眼里闪动着泪光。那张照片里有一位慈祥的老奶奶，阿美看那位老奶奶的眼神如此专注，以至于我走到她脚边了都没发现。

我的天使为什么这么悲伤？我忍不住蹭了蹭她的脚。

阿美终于发现了我，她蹲下来，戳了一下我的脑袋，笑道："旺财，你怎么跟上来了？"

我轻轻地朝她"汪"了一声，她把那照片拿到我眼前，对我说："旺财，你看，这是我奶奶呢！她以前跟吴奶奶一样，是个怪脾气的老太太，还常常跟我抢零食，抢到了也不吃，留起来，然后隔一段时间就跟我炫耀'阿美呀，你还记得这块糖吗？我是从你手里抢过来的呢'，像个孩子一样……"

阿美说着就哭了起来。

原来，这里曾经住着阿美的奶奶，只是四年前，她奶奶去世了。就在这里去世的，当时她身边一个人都没有，她抱着那个装满了零食的玻璃罐子，微笑着去世了，就像睡着了一样。那个玻璃罐子里，是从阿美那里抢来的零食。

"旺财，你知道吗？奶奶去世时，我正和爸爸妈妈逛街呢。奶奶每次都说，她有好多老伙伴儿，在这里过得很幸福，让爸爸妈妈放心，其实……她很孤单呢……"阿美的声音柔软得像被水浸透了一般。

我都快被她的声音弄哭了。

四

那天下午，阿美在那间空房子里坐了很久。我靠在她身边，也坐了很久。

阿美将我送回家时，吴杏花又是一脸惊慌地在楼下寻我。见到我跟在阿美身后时，她扯着嗓门儿嚷嚷："你这个野丫头，下次带走旺财跟我讲一声咯！"

阿美咯咯地笑着，道："吴奶奶，旺财不会丢的，它怎么舍得离开你呢！"

阿美说完时，吴杏花居然安静了，不知道是不是错觉，我看到她的眼睛里有什么东西闪了一下。

阿美牵着我，挽着吴杏花的手回家时，小声在她耳边说："吴奶奶，放心吧，我不会说出旺财的秘密的，以后不要对我凶了。"

吴杏花"嘿嘿"地笑着，脸上带着一丝尴尬，也带着一抹温暖。到家时，她用眼神瞟了一眼楼上，对阿美说："我也替你保密咯……以后我有空了帮你打扫房间，你功课要紧，小心你爸爸妈妈知道了又要说你呢！"

看着两个人心照不宣的微笑，我不满地"汪"了一声，表示我吃醋了。

以后的日子里，阿美还是常常来我家。我也依然讨厌吴杏花。

只是我决定，这一辈子都不要离开这个虚弱的、坏脾气的老太太了。

双面派出没

一

"妈,您要是真把它们扔了,我就跟您断绝母女关系!"面对老妈决绝的表情,我心急之下,甩出了老妈最喜欢看的泡沫剧里的台词。

"呵呵呵,你本来就是我充话费送的!"老妈摆出一副你奈我何的姿态,继续抱着我的宝贝们朝家门口的垃圾桶走去。

那一瞬间,我真的怀疑我是她充话费送的。

要知道,那些漫画都是我这些年来省吃俭用(耍泼卖萌)、呕心沥血买来的。为了怕老妈发现,我还在某宝上专门买了自带"100道难解的数学题""优秀作文范例300篇""巧记单词的1000种方法"等字样的书皮,精心把它们包起来。

原本以为万无一失了,可是哪知老妈今天居然硬是缠着我,说要回忆初中时学的东西忘记干净没有,然后以强硬的态度抢走了我的"100道难解的数学题"——是的,翻开时她有那么一瞬间觉得自己来到了平行世界。接着,整栋楼都回荡着她歇斯底里的吼声:"林籽沐,你死定了!"

再接下来,我的书房被洗劫一空,我精心藏了好几年的珍贵漫画,就那样被她一本一本地找了出来。并且她还给我定了三宗罪:"林籽沐,你不好好学习,拿我的血汗钱去买那些漫画,简直就是白眼狼。你还对着漫画少年犯花痴,根本不把你爸爸放在眼里,你考虑过他这枚老帅哥的感受吗?还有,你在我的眼皮子底下作案,这是对人民警察的侮辱!"

哦,对了,忘了说,我妈是个警察,她在训我的时候完全忘记了她是看柯南长大的。

老妈已经快要靠近垃圾桶了,我的脑袋飞速转动,思考着要以怎样的姿态扑上去,然后以视死如归的英雄气概救下我的心肝宝贝们。

就在我决定抱住老妈的大腿上演一场生离死别戏时,一个少年的声音响了起来:"阿姨,您是要把这些漫画扔了吗?"

我抬头一看,居然是隔壁那个顶着十万个天使光环的"邻家好少年"韩星野!一瞬间,我想死的心都有了,为什么每次老妈治我的时候他都要出现!还记得上次老妈追着我满院子跑的时候我就撞到了他的冰激凌,糊了一脸奶油。

唉,命中带煞!我一边捂着脸一边准备趁机抢过我的宝贝时,只听韩星野说:"阿姨,您把这些漫画书送给我吧。我最近正在准备捐一些书给山村的孩子呢,他们生活条件艰苦,很少有漫画书看,这些书能让他们的生活丰富一点。"

韩星野的脸上带着微笑,眼神里又充满同情,他头顶上的天使光环再次扑棱扑棱地亮了起来。

老妈一改之前对我凶神恶煞的态度,看着韩星野,眉眼都笑弯了:"星野真懂事!不像我们家籽沐,那丫头太没良心了!"

我再次确定我是充话费送的。

韩星野脸上的笑容更加灿烂了:"谢谢阿姨,那这些漫画我收走了。"然后自来熟地从老妈手里接过漫画，准备转身就走。

我一个箭步冲过去，挡在他面前："凭什么给你！而且，我妈说了，看漫画影响学习，你这是要影响那些山村孩子的学习吗？"

我简直无法想象我的宝贝们将要面对什么样的命运，如果扔在垃圾桶里，我晚上还能偷偷捡回来，要是被寄走了，可就彻底完蛋了。

韩星野依然闪着他的天使光环，微笑着对我说："即便他们不看，拿这些书糊窗户也是好的呀。我听说那些山村学校，到冬天连个窗户玻璃都没有呢，别提有多心酸了。"

"你……你知道这些漫画是我花了多久攒起来的吗？你居然拿去给人糊窗户！"我憋了好半天的委屈和愤怒一瞬间爆发了，朝韩星野吼起来。

老妈一把将我拖过来，硬生生地把我拉回家了。我眼睁睁地看着韩星野得意地抱着我的宝贝们大步流星走掉了。

二

"有仇不报非女子！"这是我林籽沐的人生信条。

所以，第二天早晨，我到学校后的第一件事就是跑到韩星野他们教室门口，朝教室里喊："韩星野，韩狗蛋儿，你出来一下，你奶奶让我给你带早点呢！第一次知道你还有这么个小名儿呢！"

这是我今天早晨想到的招数，只要韩星野不把漫画书还给我，我就一直喊他韩狗蛋儿。我就不信这个骄傲的家伙会忍受别人喊他狗蛋儿。

可是……我正准备喊第二声的时候，两个高个子女生走了出来，把我拖到楼梯拐角处，语重心长道："同学，每天都有无数女生在我们教室门口，想引起我们星野的注意，连喊他韩教授的都有，不过没见过你这么没创意的，狗蛋儿……哈哈哈，没文化真可怕！请不要再来骚扰我们星野了！"

这是什么状况？那家伙有自动防御系统吗？

我垂头丧气地回到教室，好友小原跑过来，兴奋地说："籽沐，这周艺术广场有 Cosplay 表演哎，我们一起去吧。"

本来这是个能让我很兴奋的消息，可惜在经历了昨天和今天的双重打击后，我心里只有一个念头：先找韩星野报仇，再开启人生新篇章。

"你知道有什么法子可以治隔壁班的韩星野吗？"我跳过了小原的邀请，直奔主题。

"咦？啊？天哪！韩星野——"小原由发蒙到惊讶，再到尖叫……我发现我好像找错人了。可是已经来不及了，她已经吧啦吧啦地开始说她的花痴史了："我关注他好久了哎，也想不到有什么办法能跟他做朋友呢。我曾经在他们教室外面跟他装偶遇，但是他把我当成了送外卖的。而且……他可是他们班的宝，他们班的女生自动组成了'星野联萌'呢！"

"什么？'星野联萌'？那是什么玩意儿？"我感觉我的世界被刷新了一下。

"你看你天天埋头在漫画里，连这个都不知道。'星野联萌'就是他们班女生为保护韩星野免受外界打扰，而组成的联盟啊！简单来说，就是把一切喜欢韩星野的女生挡在教室门外。"小原一脸痛心疾首的表情，她已经完全理解错了我的意思。

终于，上课铃声阻止了小原继续花痴下去的念头。

一整天，我都在想，要如何打败韩星野，拿回我的漫画。看来只要有"星野联萌"这个脑残组织，在学校是无法下手了。可是回家的话，又有我的人民警察老妈帮他说话。看来，只有在放学路上下手了。

三

放学后，我一路跟着韩星野，寻找机会能拦住他——虽然我还没想好要怎么对付他。

原本以为会很顺利，没想到刚出校门不久，他就拐进了一家奇怪的店铺。我尾随进去，才发现那是一家新开的 Cosplay 用品店。

难道这家伙喜欢 Cosplay？忽然，一个念头在我心里闪现，韩星野根本就不是要把那些漫画寄给山区孩子，而是想占为己有。因为有一张学霸的伪善面具，他不敢买漫画书，所以才用这么卑鄙的手段，将我的漫画夺走！

我几乎能感受到头顶上已经燃起了一座火焰山，我气势汹汹地冲进店里，准备找他决一死战。哦不，是找他一哭二闹三上吊。

然而，我的攻击系统还没准备好时，就被一堆乱七八糟的衣服砸了个趔趄。我带着"全世界都辜负了我"的绝望心情从衣服堆里钻出来，准备再战时，却迎上了韩星野那张笑得阳光灿烂的脸："这些是给你准备的，你不是一直想反串吗，给你个机会，反正你被当成男生也正常。"

纳尼？我想反串这种事情他怎么会知道！

我收起张牙舞爪的愤怒，羞涩地一笑道："那个……人家……人家比较淑女，怎么会反串呢？太不符合我的风格了……"

"噗……"我还没说完，一直坐在收银台后面的店主大叔居然一口水全喷了出来。

自尊和节操瞬间碎成渣，韩星野在一旁笑得直不起腰。我觉得我好像只能直面惨淡的人生了，收起那堆衣服直截了当地对韩星野说："我的漫画书，你是想占为己有吧？不要做梦了，我迟早会揭穿你虚伪的面孔！"

"喂，别那么严肃，跟你商量一件事，周末艺术广场的 Cosplay 表演，我们一起去参加吧。听说有机会抽到去日本参加 Cosplay 表演的票呢。"这家伙居然直接跳过了我的质问。不过……去日本参加Cosplay表演的票好有诱惑力哦……

"我知道你很喜欢Cosplay,你跟你的好朋友小原上课时写的字条夹在漫画书里,不小心被我看到了……"韩星野继续一脸淡定地说着让我吐血的话。

"为什么找我跟你一起去?"我保持着清醒的头脑,警觉地问。

"因为只有你知道学霸的秘密啊。放学后一路跟踪到这里,一定很崇拜我吧!"

"噗!"店主大叔再次笑喷了。我的脸红到了脖颈儿,韩星野一副看猴子的表情,补充道:"你的那些漫画,我看完就还你,如果你不介意,我的书房可以作为你的漫画后宫,你的女警老妈一定会很开心你天天跟着我这种学霸一起快乐学习的。"

我在心里默默将他吐槽了一番,然后又盘算了一番,忽然觉得韩星野简直就是真正的天使!

四

周末的艺术广场很热闹,我给小原打电话说肚子疼要去医院,然后跟着韩星野一起混在人堆里。

韩星野Cos的是神乐,用他的话说,像他这种帅到惊天地泣鬼神的帅哥,Cos男性角色的话就太没挑战性了。我总结了一下,觉得韩星野是个变态。

不过,我们俩走在人群里时,迎来了超高的回头率,一大帮小姑娘拉着我合影,这一大帮小姑娘里还有小原。小原正和她表妹讨论着:"林籽沐没来简直太遗憾了,她一定不知道她今天错过了什么!我见过的最帅的Cos版银时哎!你给我多拍几张,我要让她嫉妒死!"

我一脸无语地站在她旁边,韩星野边吃薯条边得意地朝我看,转而又用眼神示意我他有新发现。我朝他指的方向看过去，居然是老妈！

老妈混在一群少男少女中间举着相机，"咔嚓咔嚓"地拍照！

不准我看漫画，自己却来看 Cosplay 表演，老妈你真是太虚伪啦！我狠狠地咬了咬牙，却要继续微笑着接受各路少女的崇拜和花痴。

终于到了表演者抽奖环节，可惜我和韩星野都没能抽到去日本的表演门票，他抽到了一口锅，我什么都没抽到。他把锅扣在我头上，无奈道："都是你个衰神带走了我的好运气。"

鉴于我的漫画还没拿回来，再加上今天确实玩儿得很开心，所以我决定暂时放过韩星野。

晚上回到家时，老妈抱着我的胳膊可怜兮兮地说："宝贝女儿，你不要再生我的气了，你看，我今天去艺术广场拍了你喜欢的 Cosplay 表演的照片呢。"

我不敢相信地看着老妈一脸愧疚地举着相机，心里有些暖，原来老妈去拍那些照片是为了我。我掩饰着自己的情绪，大手一挥道："你完美大度善良体贴的女儿决定原谅你啦！漫画也不会再追啦，学习成绩也会很快赶上来的。"

"真的吗？我女儿今天消失一天是被外星人劫走，然后给换了个脑子吗？"老妈大概难得见我说这么让她开心的话，居然整个人充满了"我在骗她"的气场。

"喂！脑洞不要开那么大好吗？你这样怎么抓小偷，怎么审犯人啊？"我感觉心好累，便把韩星野搬了出来，"不信你可以问韩星野，我准备以后每天跟着他写作业，让他帮助我进步呢！"

"星野？隔壁那个满分帅哥吗？对对对，你早就应该向他学习了，成绩好，心眼儿也好，善良又懂事，我做梦都想要个他那样的孩子呢！我常常幻想……"老妈开始滔滔不绝地描述她的幻想，以及生了我么个失败作品的怨悔。

我趁她还沉浸在幻想里，拎上书包，默默出了门。

五

韩星野的房间让我有些震惊，占满两面墙的大书柜，上面挤挤挨挨摆满了各种类型的书。

"不要把嘴巴张那么大，本来就没文化，还要由内而外地表现出来自己没文化，林籽沐，你智商负值吗？"韩星野一边拍我的脑袋，一边毒舌。

"喂，我的漫画书呢？"我知道斗不过他，只好开门见山。

他得意地笑了笑，指挥我道："左边第一个书架第三排以下的书，都是我要打包寄给山区小朋友的，你帮我打包完。"

又是直接把我的话当空气，不过我倒没想到这家伙居然真的会给山区孩子捐书。我摆出可怜兮兮的表情继续道："我那里也有些旧书，回头我拿给你，一起捐了。不过，你可不可以把我的宝贝漫画还我呢？"

"打包完那些，你的漫画书就出来了。"韩星野笑得一脸高深莫测。

就这样，我抱着满满的希望来到了韩星野家，然后变成了他的苦力。

我们一边打包那些书，一边有一搭没一搭地聊天。我讲起我作为一个女学渣的悲哀史，如何被老妈训，又如何招老师烦。本想以这个博取韩星野的同情，让他放我一马。可是，韩星野叹了口气，停下手中的动作，说："其实……我挺羡慕你的。"

"你不用安慰我，你只需要把我的书还给我就好了。"我可不是那么容易就上当受骗的学渣，他还真以为我的智商是负值呢。

"我说的是真的，我真的很羡慕你。很多次，我放学回来，透过窗口，看着你呼朋引伴地开开心心回家，跟你妈妈斗得满院子跑，那个自由自在没心没肺的你，我真的很羡慕……"韩星野说得一脸认真，我还真有些招架不住这么严肃的他。

"那个……你居然默默关注我，你不会暗恋我吧，哈哈哈哈！"为了缓和一下气氛，我开了个玩笑。

"我爸妈都是大学教授，他们对我要求得比较多一些，我也不希望给他们丢脸，所以……一直活得挺累的。我在大人面前、在我的同学老师面前都是完美好少年，可是我也有自己的缺点，我也装病逃过课，也偷偷去游戏厅打过一下午游戏，我也藏着看漫画。有时候，我觉得自己有些虚伪。"韩星野认真起来真可怕。

"不不不，你其实是聪明的，你能把自己的爱好和学习成绩都兼顾到，真的很聪明，我很羡慕呢！"我虽然心里承认他是有点儿虚伪，不过聪明这一点，还真是没法否认。

"谢谢夸奖，我就喜欢听实话。"韩星野扬了扬下巴，笑道。

我忽然发现，这个毒舌又"虚伪"的双面派少年还是挺可爱的嘛。

折腾了一个小时，我们终于收拾好了那堆书。我也和韩星野达成了"契约"关系，我们相互为对方守着秘密，他把他的书房提供给我，"窝藏"我的漫画，我会带他参加漫画展、参加Cosplay表演，并为他保守这个秘密。

而且，我还接受了他的"21天变学霸"计划，就是在他的帮助和计划下，通过三周时间，让成绩冲进年级前十名。

我想，这大概就是成长吧，我终于知道，原来要做父母眼里的完美好孩子，也不用牺牲掉自己的爱好呢！

双面派少年，谢谢你！

晚安，红舞鞋

一

春草的脸颊上有两朵明媚的笑，开得如天边的晚霞一般热烈。

从苍梧街拐进去有一条细窄的巷子，巷子的尽头有一片凋零破败的瓦房子，那是被浩浩荡荡的城市车轮遗忘的角落。那片破房子里有一间是春草和奶奶的家。窗前种着水仙和绿萝的那一间就是，蓝色的布满油渍的窗帘在晚风里轻轻摇曳。

春草蹦跳着跑过苍梧街，娇小的身子猫进窄巷子里，"奶奶，我回来啦！"甜美嘹亮的嗓子，脆生生的，铃铛一般。

住在隔壁的卖麻辣烫的王大妈正推着车子出门，她的生意从黄昏开始。听见春草的声音，王大妈一脸笑意："春草，回来啦？什么事这么开心啊？"

"王妈妈，我捡到宝贝啦！"春草扬扬手里的红鞋子，快乐得如一只小鸟。

"好姑娘，老天爷爱惜你呢。我出门啦——"王大妈踩着踏板，那些水灵灵的各样蔬菜在她的小铁皮车的隔板上欢乐地摇晃。

奶奶迈着小碎步迎出来，说："囡囡，你捡到啥了？"

春草把红鞋子举到奶奶眼睛底下，让奶奶仔细瞧。那是一双崭新的红舞鞋，锃亮的鞋头，黑色的鞋跟，绑带处还缀着一朵白色的小花。春草从来没见过这样漂亮的鞋子，她的心里盛满了花开般的欢乐，拥挤着，暖洋洋的。

"囡囡，哪里来的这样的新鞋子呀？莫不是别人不小心掉了，你弄错了捡了回来吧？"奶奶不相信谁会把这样漂亮的鞋子扔了。

"奶奶，错不了的，我真真切切是在一个垃圾堆里捡到的，捡到的时候外面还包了一个白色纸盒。别人要是不小心丢了怎么会丢到垃圾堆嘛。"春草急急地解释，生怕奶奶怪罪。

"唉，这些城里人哟！"奶奶摇摇头，叹息着。奶奶常常这样叹息，她的叹息就像埋下的种子，长成了一道道皱纹，爬在奶奶的脸上，并且越爬越多。要是以前，春草肯定会马上搂住奶奶的手臂，撒撒娇，把奶奶逗乐。

可是今天，春草的心思全在那双红舞鞋上。她打了一盆水，把自己脏兮兮的脚丫放进水盆里，仔细地洗，仔细地搓，还认真地打了肥皂，两只脚丫就像两条滑溜溜的鱼一般，在水里游着。洗了好半天，直到春草觉得干净了才拿了毛巾擦干。

春草小心翼翼地把红鞋子套在脚上，站起来，感觉像是踩在云端一般。

"奶奶，好看吗？"春草有些羞涩地走到奶奶跟前。

奶奶擦了擦昏花的眼睛，仔细端详着春草的脚丫和那双红舞鞋，笑眯眯地说："囡囡，这鞋可真合你的脚呢，这是专门给你做的呢！"奶奶脸上的笑容像一朵秋天的菊花，暖融融的。可是奶奶马上又难过起来，她把春草揽进怀里，眼泪簌簌地落下来，"囡囡，你是个好女伢，只怪你命不好，下辈子一定要生在有钱人家……"

春草最见不得奶奶哭了，她拿袖子边替奶奶擦眼泪边说："奶奶，我才不生在有钱人家呢，我下辈子还要做奶奶的孙女，跟奶奶一起捡破烂儿！"春草的话把奶奶逗得笑了起来，"你净说好听的话哄奶奶开心。"

4月的风裹挟着花香，钻进了这破败的棚户区，带着大城市的气息。

这天夜里，春草躺在床上怎么也睡不着。她看着窗前月光下的红舞鞋，幻想着自己穿上它站在舞台上翩翩起舞的模样，会不会也像电视里的公主一样，被很多人喜欢？

但是春草明白，这些最多也只是幻想，她只是个捡破烂儿的，除了年迈的奶奶，她一无所有。可是，这一晚，那双红舞鞋就像一束光，把春草的小小心房照亮了。

二

苏姗从林老师的办公室里退了出来，妈妈和林老师还在说着什么，只是她已经不愿意再听了。

偌大的舞蹈房里，自己小小的身影显得脆弱而孤单。苏姗还记得自己第一次来这舞蹈房时的情景，看着那些穿着舞蹈服，脖颈修长、身材曼妙、舞姿轻盈的姐姐们，她觉得跳舞简直是这个世界上最幸福最美好的事情。

那时候她才五岁。

六年了，苏姗从一个什么都不懂的小屁孩长成了一个玲珑的小小少女。对于舞蹈的热爱，让她觉得生活是精致而美好的。她曾那么努力地练习形体，几乎这里的把杆上都有过她的汗水，第一次下腰劈叉的疼痛还记得很清晰。

可是为什么，为什么自己精心准备的比赛最后却败得这样惨？全市获奖的有十个人，她连优秀奖都没有拿到。只是因为那个小小的失误吗，因为中间有个翻转的动作做得不够完美吗？还是自己根本就不行？

苏姗的眼泪啪嗒啪嗒地落了下来,从小到大拿过无数次一等奖的她接受不了这样的事实。回家后,她把那双刚买不久的为"六一"儿童节汇演准备的红舞鞋扔进了垃圾堆里。她不愿意再看到那些关于舞蹈的记忆了,那颗小小的骄傲的心一下子进入了冬季。

"苏姗,你很快就12岁了,在妈妈眼里,你一直都是最棒的。"妈妈语重心长地对苏姗说。苏姗垂下眼帘,扑进妈妈怀里哭了出来。

"六一"儿童节如期而至,苏姗放弃了汇演。演出那天,不管妈妈如何劝说她都没有去,她怕自己会难过。她甚至连舞蹈的主角换了谁都不知道。妈妈在电视台上班,儿童节非常忙,便没在家里陪苏姗。

可是晚上苏姗还是忍不住打开了电视。她看了市电视台直播的文艺汇演,在市里最大的剧院举行。苏姗赶紧换了台,可是有一条新闻引起了她的注意,字幕写的是"捡破烂儿的红舞鞋女孩",画面上是一个衣着破旧的小女孩,看起来和自己年龄相仿,她正在给一位老奶奶跳舞。她跳得并不好,一看就知道是从电视上模仿来的。可是她脚上的那双红舞鞋让苏姗心里震了一下。

那正是被自己扔在垃圾堆里的那双崭新的红舞鞋。

解说员动情地说:"这个小女孩用自己的方式庆祝这个美好的日子,她让我们看到了另一种美,开在荒芜沙漠里的依米花之美……"

苏姗扔了遥控器,打开电脑,搜索关于"捡破烂儿的红舞鞋女孩"的信息。然而令她失望的是,这条新闻暂时并没有在网络上引起轰动,所以苏姗也没有查出关于红舞鞋女孩的一星半点的信息。

看见自己亲手挑选的红舞鞋现在穿在别人脚上,多少让苏姗心里有些不舒服。更何况,那是个捡破烂儿的小女孩。即使她长得不难看，可她仍然配不上自己的红舞鞋。

苏姗越想越觉得心里堵得慌，她想要去那个垃圾堆看看，她侥幸地想，也许那双红舞鞋并不是自己扔掉的那双呢？过了这么久，垃圾堆早就被清理了一遍又一遍，哪里还有自己的红舞鞋。苏姗更确定今天在新闻上看到的那个女孩脚上的红舞鞋就是自己的了。

她清晰地看到了绑带处的白色小花，那是自己用胶水缀上的。因为她觉得这样，自己的红舞鞋就与众不同了。苏姗望着乱七八糟的垃圾堆，心里难过而失望。

苏姗在垃圾堆里看到了一个脏兮兮的布偶，表情忧伤。她想，有多少被主人抛弃的东西在这里流转呢？一种从未有过的、黏稠得化不开的悲伤情绪涌进了苏姗的心里。过完这个儿童节，她就要告别童年了。

那双红舞鞋，再也找不回来了吧。

三

12岁的生日对春草来说，意义重大。

奶奶曾经告诉春草，她在一个青草堆里捡到了春草，那时候正是春天，所以她给春草取了这个名字。奶奶还说："囡囡，你可是春天送给我的礼物呢，我这个老太婆这一辈子可就得了你这么一个礼物呢。"

这些话，每年生日时，奶奶都会对春草说一遍，可是春草从不嫌烦。她喜欢看到奶奶苍老的脸庞上幸福骄傲的表情。

春草把那双红舞鞋摆在窗台上，红舞鞋的左边是水仙花，右边是绿萝。春草觉得红舞鞋就像一位公主，水仙和绿萝是她的侍女。春草舍不得穿这双鞋子，怎么能穿着这样高贵漂亮的鞋子去捡破烂儿呢？会弄脏的，会弄坏的，春草这样想。

唯独在12岁生日那天，春草穿上了这双红舞鞋。春草站在阳光下，看着脚上的鞋子，左邻右舍的大叔大妈都夸春草："春草姑娘，你的红舞鞋可真漂亮！"

奶奶也夸春草："囡囡，你可真是这世界上最好看的姑娘呢，过完12岁生日你就不是小孩子，那就是小大人了呢。"

那天春草仍然像往常一样跟着奶奶一起去捡破烂儿，夏天的风带着温热的气息温柔地吹，整条苍梧街上的梧桐树整整齐齐地在风里发出"哗哗哗"的声响，像是在唱一首古老的歌谣。阳光从叶子的缝隙里落下来，变成了一个个调皮的小光斑，跳跃着，追赶着。

穿着那双漂亮的红舞鞋，春草快乐得像一只小鸟。她突然想要给奶奶跳支舞，虽然她不会，可是她记得电视里的那些女孩子是如何跳的。她把奶奶拉到路边的石凳上坐下来，然后踮起脚尖，回忆着电视里的那些漂亮女孩们的样子，跳了起来。

春草在风里跳着，旋转着，她几乎忘了自己是在大街上，她陶醉在自己笨拙的舞蹈里。奶奶笑眯眯地看着她，奶奶的笑容里带着惆怅，只是春草不懂得这惆怅。

春草不知道这天是儿童节，她没过过什么儿童节。春草也不知道会有人在拍自己，不知道自己会变成儿童节这天一道美丽的风景。

那天捡到的饮料瓶子和旧报纸并不多，可是春草和奶奶都很开心。春草依然把红舞鞋放在窗台上，放在水仙和绿萝中间。

第二天王大妈买完菜回来，一进巷子就扯着嗓子喊："春草，春草，你成明星啦！你上报纸啦！"

棚户区的其他人也都被吸引过来了。

大家围着王大妈手里的报纸，纷纷要抢过来看，王大妈攥得紧紧的，硬是要等到春草出来。春草还不知道到底发生了什么，她搀着奶奶出来，王大妈把报纸送到她面前，"春草，你看，这不是你吗？上报纸啦！多好看的女伢！多好看的红鞋子！"

春草看到了，看到了报纸上的自己，正踮着脚尖旋转，身上破旧的衣服与脚上漂亮的红舞鞋形成鲜明的对比。报纸上还有奶奶，奶奶坐在春草对面，一脸幸福的笑容。整条苍梧街上只有这祖孙俩，其他人像都是模糊的。

春草的小心脏"突突突"地跳着，有兴奋，也有不安，她的小脸涨得通红。叔叔阿姨们还在讨论着，夸奖着，春草突然觉得自己真的成了一个小明星。奶奶因为太过激动而热泪盈眶，奶奶不认字，她并不知道报纸上讲了什么，但是报纸上的春草真好看。

众人散去后，春草看着窗前的红舞鞋，笑了。

夕阳的余晖落在红舞鞋上，金色和红色相融，看起来真像是一块栗子蛋糕。春草曾在一只旧的蛋糕盒上见过栗子蛋糕的照片，至今记得清晰。

红舞鞋，你是谁送给我的礼物吗？

春草的眼睛里盛开着幸福的光芒。

四

"妈妈，你能帮我找到这个女孩吗？她拿走了我的红舞鞋。"苏姗把报纸拿给妈妈看。

"苏姗，那双红舞鞋可是你自己扔掉的。"妈妈并没有要袒护女儿的意思。

"可是……我后悔了。我想再回舞蹈班，我以后都不会再放弃了。"苏姗搂着妈妈的脖子，认真地说。

"因为她吗？不甘心，不服气？"妈妈拿着报纸笑着问苏姗，毕竟是懂得女儿的小小骄傲的。

"嗯，算是吧。拜托你帮我找到她，我想要回我的鞋子，我愿意再送她一双更漂亮的红舞鞋，但是那双……我真的很想要回来。"苏姗觉得自己一下子长大了,她知道该要怎样处理得与失了,对于自己喜欢的东西,成功就没那么严重了。

妈妈毕竟是在电视台工作,要找到这个小女孩并不难,也不过几天的工夫,就得知这女孩住在苍梧街后面的棚户区,常在苍梧街附近的几条街道和小区附近捡破烂儿。妈妈在告诉苏姗这些的时候说:"你们都是公主,只是住的宫殿不一样而已。所以,我希望你能勇敢一点,自己去会见那位公主。"

苏姗被妈妈的话逗乐了,笑道:"放心吧,你的女儿不是个骄傲的自大狂。"

苏姗在妈妈的安排下去了苍梧街。她远远地便看见了那个女孩,背着一个大大的塑料袋子,正在翻找路边垃圾桶里的饮料瓶和广告纸之类的。她看起来和苏姗年龄相仿,却比苏姗瘦很多。她脚上并没有那双红舞鞋。

苏姗不知道该如何向春草开口,她突然不想要回自己的红舞鞋了。这个女孩像一株向上生长的向日葵,她身上有向日葵的力量和太阳的光芒。苏姗原本想要回那双红舞鞋,只是觉得自己心爱的鞋子穿在一个捡破烂儿的女孩的脚上太不般配。可此时,当苏姗见到这女孩时,改变了主意,那双红舞鞋是配她的。

女孩走近了,苏姗灵光一闪,迅速喝完自己手里的冰红茶,把空瓶子送到女孩手里。女孩粲然一笑,说道:"谢谢你!"

苏姗回给她一个笑容:"不客气,我叫苏姗,我在电视和报纸上见到过你。"

女孩的脸一下子红了,说:"我叫春草,我不知道别人干吗要拍我。"

苏姗大方地伸出手去:"因为你积极乐观啊,我们做好朋友吧。我家就住在这附近。"

女孩眼里闪过一丝惊喜和诧异,她还不懂握手的仪式,她把左手放在衣服上反复地搓了几下才伸出去,轻轻地握了一下苏姗白皙纤长的手指。

妈妈坐在路边的咖啡馆里看着这一切,她的嘴角浮起了一抹笑容。

五

春草不知道该如何形容自己的开心,"朋友"这个陌生而熟悉的物种即将在她的生命里存在了,这种快乐无法言喻。

春草兴奋地给奶奶讲今天遇到的女孩,她漂亮大方,一看就知道是城里的女孩子。奶奶微笑着听着,她不再叹息了。她觉得她的生命里有春草这个懂事的孙女已经足够了,那双自己苦苦寻找却依然无果的儿子儿媳,不回来也罢。春草是善良懂爱的好姑娘,或许,她从未缺失过什么。

那晚,春草躺在奶奶身边,看着窗台上的红舞鞋,它们在月光下更显得美丽别致了。

是你带给了我幸运和快乐,对吗,红舞鞋?

晚安,红舞鞋!

春草缓缓进入了梦乡,她一定会做一个很美好的梦!

第四辑

青·初恋情结

梦里不知少年事

一

每个周末我都会在木马广场看到那个男生。他总是安安静静地坐在轮椅上，看着那些鸽子飞起又落下，呼啦一声，大片大片的。

我家就住在木马广场边的白云渡小区里，小时候爸爸妈妈也常常带我去广场上喂鸽子。但是我胆小，从不敢让它们靠近自己，每次都是畏畏缩缩地把玉米撒在地上，等鸽子们飞过来时就吓得哇哇大叫，远远地跑开，爸爸妈妈则在一旁看着我笑得前俯后仰。

那些旧时光真美好，像钢琴里飞出的音符一般，叮叮咚咚，在心尖儿上敲响。

可是现在，我却不愿意跟爸爸妈妈交流了，我开始有了自己的小秘密，再也不会什么都告诉他们了。比如，每次英语考试，我的听力总是错得很厉害。我拼命地记单词，拼命地做阅读训练，看资料书，就是为了让我的英语试卷上的分数多一点。因为我知道，我的听力分值永远高不了。

每天放学后我就把自己关在房间里听音乐，我把声音开到最大，带上耳麦，把自己关在那个逼仄的音乐世界里。

但是木马广场上出现的那个男生转移了我的注意力。我不知道他是何时出现在这个广场上的，但他就像一幅画，突然挂在了我的窗前，把其他的风景都衬托得黯然失色。

我开始等待每个星期的周末，我知道他会出现在广场上，有时是上午，有时是下午，有时是黄昏。

妈妈推门进来的时候我正趴在窗前看那个男生喂鸽子，居然一点都没听见妈妈的脚步声。"采薇，你在干吗呢？"妈妈提高了嗓门儿说，我很努力地辨别她说出的每一个字，终于明白了她在说什么。

"妈，我没事，我看鸽子呢，一会儿做作业。"我微笑着告诉妈妈。

她张了张口，最终什么都没说，只是摸了摸我的头，就转身出去了，轻轻地关上了我的房门。妈妈的背影显得瘦弱而疲惫，我们是从什么时候起变得如此缄默不语的呢？

成长真的是一件孤单的事情。木马广场上的那个男生呢，他也很孤单吧？不然他怎么会每次都是独自在这里，没有任何人来陪伴他？

我也好久没有喂鸽子了，写完作业后抓了一小袋玉米出了门，去了木马广场。

手里的玉米很快被鸽子们争抢一空，它们吃完后又呼啦一声飞走了。

我走到离男生不远的地方，他手里正在翻看一本书，是几米的《蓝石头》。我也喜欢几米，很早以前就看过《蓝石头》，是一个孤单而美好的故事。我正想着该要如何开口与他讲话时，突然刮起了一阵风，他的书签被风吹走了。

他猛地抬头，那是一张很好看的脸，只是此时神色慌张。看得出，那枚书签对他来说很重要。我毫不犹豫地追过去，书签像是长了脚一般，居然跌跌撞撞地飞了好远，等我好不容易"抓"住它时，已是满头大汗。

这枚书签真好看，很明显是手工的，上面画着一只美得惊心动魄的蓝蝴蝶。

我把书签还给他，他长长地舒了一口气，对我说了一句什么我没听清，我猜他也许在说"谢谢"。

"我叫林采薇，双木林，与《诗经》里的那首《采薇》同名。"我告诉他我的名字，然后伸出手去。我一直为我的名字感到骄傲，这名字是爸爸给我取的。

他笑起来，有浅浅的梨涡，他说了他的名字，声音很小，我没有听清，我递出我的手机，"哪几个字，你写在短信栏里。"

他还回手机时，我看到了"唐子轩"三个字。

二

我记住了这个名字，把它写在日记本的最后一页。

晚上妈妈终于开口了，她说："采薇，我想带你爸出去散散心，医生说旅行有利于他恢复健康。你自己一个人……能应付吗？"妈妈神情复杂，有愧疚，有担忧，还有不安。我知道她的不安，这种不安也在我心里横亘了很久，只是我无法告诉他们。

爸爸的病是从去年开始的，他的生意突然垮掉，几千万的资产全部压进去了，最后连车也抵押掉了，我们家只剩下市中心这套房子。我记得那天晚上爸爸回家时喝得烂醉如泥，妈妈去扶他，他吐了妈妈一身。

那时候妈妈还不知道我们家破产了，妈妈骂爸爸，说他不该喝那么多酒。爸爸伸手打了妈妈，他打第二巴掌时我替妈妈挡住了。妈妈错愕地看着我，我的眼泪最终还是没能忍住，落了下来。那一巴掌很疼，火辣辣地疼，还伴着耳鸣。

第二天我依然上学去了，像什么也没发生过一样。同桌温迪迪问我的脸为什么又红又肿时我又哭了，没有说话。我隐隐约约地意识到我们家也许要发生什么大事了，爸爸从来没有喝那么多酒，也从来没有骂过妈妈，他们的感情一直很好，好到我像是一个多余的人一般。

一个月后妈妈才告诉我，我们家破产了，妈妈还告诉我，医生说爸爸可能是得抑郁症了。

也就是从那个时候开始，我的听力才一点一点下降的，但是我什么都不敢对他们讲。

我们家彻底变得安静了，安静得让人感到绝望。过去那个快乐的家，一下子进入了漫长的冬季一般。

"妈，你放心吧，我会照顾好自己的。"我伸手搂住妈妈的脖子，她的肩膀微微颤抖着，我知道她哭了，我知道她也和我一样，总是偷偷地哭泣。好几次半夜，我起床去卫生间的时候看见他们房间的灯还亮着，我从门缝里看到她颤抖的双肩。

爸爸妈妈走后，家里变得更安静了，每天放学回家后我都会去木马广场看一会儿鸽子，我现在已经不害怕这些小东西了。

我依然会在周六的时候看到唐子轩坐在广场上，秋天的阳光安静得如一首诗，我想，他大概就是这首诗的注脚吧。

有时候我也会去找他聊聊天，一个人在家的日子很无聊。我与他分享妈妈寄给我的明信片和照片，照片上的爸爸似乎好些了，我甚至看到有一张照片里，爸爸笑了。唐子轩说："你们家真幸福，你爸妈的感情可真好。"

"所有的幸福都不完美吧。"我对着远处的鸽群叹息。

唐子轩没有接我的话，他的眼睛里有一种化不开的忧郁气息，即使他总是微笑着，但是我知道，他也不开心。

后来我们熟悉起来，他把我当无话不谈的好朋友。他告诉我，他原来是他们学校篮球队的主力，可是现在可能再也上不了篮球场了。因为他爸爸有一次带他和他妈妈出去旅行，出了车祸，爸爸和妈妈没有受重伤，可是他的腿再也站不起来了。

"采薇，有时候我觉得他们是这个世界上最自私的父母。可有时候，我又觉得我是这个世界上最自私的孩子。"唐子轩说这些的时候始终一脸平静，他努力用这平静掩盖了他心里的波涛汹涌。

"也许，他们心里也很难过吧。"我不知道该如何安慰他。十几岁的年纪，就要在轮椅上度过，是很让人沮丧的吧。

"我现在住在奶奶家，我允许他们每个月来看我一次。我喜欢现在这样安逸的生活，我最近开始学画画了，我想我将来可能会变成一个伟大的画家。"

"嗯，我相信你。"我坐在他旁边，认真倾听，我猜想他肯定许久没有人跟他聊天了。我也告诉了他我的秘密，关于我的耳朵，关于爸爸妈妈。

三

我见过一次唐子轩的奶奶，在一个周日的傍晚。

太阳把远处的天空染成了金黄色，大片大片的火烧云像要掉下来了一般。那天我和唐子轩聊天聊得有些晚了，他的奶奶来接他回去。他奶奶看到我时感到很意外，唐子轩给她介绍我："她叫林采薇，是我的好朋友。"

唐奶奶是个慈祥的老人，她笑眯眯地看着我："好姑娘，好名字。"

看着他们一步步消失在夕阳里的背影，温暖又美好。我开始觉得其实唐子轩也是幸福的，只是幸福的方式不一样罢了。

随着天气变冷，鸽子们也不怎么出来了，唐子轩来广场的次数也少了。妈妈告诉我，她和爸爸会在圣诞节前回来。我开始在家里准备迎接他们，我把家里打扫得干干净净，把他们的被褥拿出来晾晒。

我不知道爸爸的抑郁症好了没有,但是我想我一定要告诉他们,我长大了。

我兴奋地告诉唐子轩:"我爸爸妈妈要回来了!"

他为我感到高兴,但是我明显地觉得他一点也不高兴。那天我们俩都没有怎么说话,也许他曾说过什么,只是我没听清楚吧。我再次问他时,他就会说:"呵呵,没什么。"

天快要黑下来的时候来了一个漂亮的女人,是我没见过的。唐子轩一向温和的脸在看到那个女人的瞬间冷若冰霜。女人走过来诧异地看着我,然后转向唐子轩:"轩轩,跟我回家吧,我和你爸已经商量好了,以后什么都随你,只要你在我们身边。"

我不知道自己是不是听错了,这个精致漂亮的女人如此低声下气地跟唐子轩说话。

唐子轩却一下子拉过我的手,对他妈妈说:"妈,我交女朋友了,我要留在这里陪她,我不会跟你回去的。"我一下子慌了神,我能感觉到他妈妈眼里的愤怒,但是她居然只是微笑着摸了摸我的头,然后说:"谢谢你陪我们家轩轩。"

唐子轩的妈妈转身离开的时候,我甩开唐子轩的手朝他吼:"为什么要这样?你不知道这样你妈妈会很难过吗?"

唐子轩看着我没有说话,他眼睛里有隐忍的神色,我猜想,他心里一定藏了许多秘密。那些如水一般的秘密,藏在每个人的青春里,生根发芽,却不知道是否会开花。那天是我送唐子轩回家的,我第一次知道,原来他奶奶家就在白云渡旁边的水云泽小区里。

一路上我们都没有再说话,我还在生气,我不知道唐子轩在想什么。

到他奶奶家楼下时,刚好撞上他妈妈出来,看起来似乎刚刚哭过,眼睛红肿,一脸疲惫。

她看到我推着唐子轩时，把我拉到一边对我说："你叫采薇吧？很好听的名字，欢迎你以后去北京玩儿。我和轩轩他爸欠他的，这辈子都还不了。我最担心的是他心理会出什么问题，所以，拜托你一定要多多开导他。"我听得很认真，我怕会漏掉一句什么。

面对一位不知所措的母亲，我的心再一次疼起来。

我想起了偷偷哭泣的妈妈，突然觉得爱真的是生命无法承受的情。

四

广场上的鸽子仍然每天安详地飞起又落下，它们无忧的模样总是让我很羡慕。如果我也是一只鸽子，有一对可以飞翔的翅膀，该多好啊。

唐子轩开始学画画了，他在木马广场待的时间持续到我放学的时候。

我会陪着他，看着他用铅笔在画纸上勾勒出鸽子的灰白影子。不得不说，唐子轩是有绘画天赋的男生，他能几笔就勾勒出鸽子起飞、落下的形态。他画了许多鸽子，很快就用完了一个素描本。

我问他："为什么只画鸽子？也许画些其他东西你能进步得更快。"

"鸽子让我感到安详，趁我现在有这份心境，我想多画些鸽子。"他说得很平静。

我不觉得唐子轩是恨他爸爸妈妈的，相反，我觉得他爱他们，很爱很爱，也许他觉得自己在他们的世界里是个累赘吧。想到这一点的时候，我心里再次难过起来。我想起他妈妈眼睛红肿的样子，如若不恨，他为何要这样对他们？

唐子轩身上有许多我无法理解的疑问，但是他不说我也从不问，对于朋友，我向来这样。

可是让我无法理解的是，一直持续到圣诞节来临，唐子轩都没有再来过木马广场，一次也没来过。平安夜那晚全国很多地方都下雪了，妈妈打电话给我说，航空公司所有航班都延期了，爸爸妈妈没有在他们承诺的圣诞节回来。那天正好是周六，整个木马广场一片银装素裹，圣洁如天堂。那些鸽子们此时大概躲在鸽棚里睡觉吧，它们多幸福啊。

我一个人坐在木马广场，看着那些小孩子们和爸爸妈妈一起打雪仗、掷雪球、堆雪人，幸福快乐的模样。笑声盛开如花，隐隐约约地传来，在我脆弱的耳朵里游荡。

我已经有一个月的时间没有看到唐子轩了，难道他发生了什么事吗？我想起他妈妈的话："我最担心的是他心理会出什么问题。"我又想起我的爸爸，承受了巨大打击以后的爸爸，心里涌起了一阵不安。

我凭着记忆，踏过被白雪掩埋的小路去了水云泽。

我不知道唐子轩的奶奶家住在哪一单元哪一层，我只好站在楼下大声喊："唐子轩！唐子轩……"

许多人从窗口探出头来看我，他们大概在议论，这个女孩在发什么神经，大冷天的站在雪地里喊一个男生的名字。

唐子轩的奶奶出来了，原来他们就住在一楼左边的那间房子里。我心里暗自想着自己怎么会这么笨，唐子轩坐在轮椅上，他奶奶家应该是住一楼的。

"奶奶，我好久没看到唐子轩了，我很担心他。"我急切地对唐奶奶讲。

唐奶奶替我拍去了身上的雪，把我领进门。我看到了坐在窗边的唐子轩，他回头看见是我，脸上露出了笑容，朝我大声说："采薇，你来啦！"他知道我的听力不好，仿佛我们本就应该是很熟悉很亲近的朋友。

"嗯，圣诞节快乐！"我走到他身边，"我们……去看雪吧。"

唐子轩犹豫着，唐奶奶走过来给他围上围巾、戴上帽子和手套，唐子轩像个孩子一般，乖乖地任由奶奶布置。

五

我推着唐子轩去了木马广场，那里已经有三个雪人了，滑稽可爱的造型，有孩子正抱着胖胖的雪人照相。

"采薇，我可能要离开这座小城了，回北京去。"唐子轩对我说，我心里咯噔一下，难怪他这段时间不来木马广场，怕是觉得我们以后便再无交集，还不如早早地不见，就当没有这个朋友吧。

"唔，回你爸爸妈妈身边，很好啊。"我假装很开心地回答他。

"我的坚持成功了。其实我出车祸不是因为爸爸开车不小心，而是因为在爸爸开车的时候，妈妈跟他吵起来，他们的争吵已经持续很久了。我都冷眼旁观，直到那场车祸。但是车祸过后，他们依然争吵。我想不明白大人的世界为什么会变成这样。你还记得那枚书签吗？那是我妈妈年轻时送给我爸爸的，可是后来在一次争吵中，被我爸爸连着书一起扔了，我却小心地收藏着。"唐子轩说完这些幽幽地叹着气。

"大人的世界，我们永远都不会懂的，就像他们也不懂我们的世界。"我不知道该如何安慰他，相比之下，我的爸爸妈妈之间的爱情，似乎美得的确有点儿令人羡慕。

"嗯，这大概就是传说中的代沟吧。我以我的离开相威胁，执拗地住到奶奶家来，只希望他们不要离婚。呵呵，大半年的坚持，他们居然达成了一致。"唐子轩苦笑着，并没有成功的喜悦。

"那么……你现在开心吗？"我问。

"他们因为我，答应坚持在一起过下去。大概是觉得愧对我吧，他们应该补偿我，但除了一个完整的家庭，他们还能补偿我什么呢？其实，医生跟我说，我再过一段时间就能下地走路了，我奶奶以前是骨科医生，她会针灸和推拿。我本想等爸爸妈妈决定不离婚时就告诉他们，可是当他们告诉我他们不离婚时，我却觉得心里很难过，觉得是自己捆绑了他们。"唐子轩说这些的时候，我听得很吃力，集中着全部的注意力。

我理解唐子轩的矛盾，如若是我，大概也不知道该怎么办才好。大人们总觉得我们用青春所捍卫的只是自己的一小片天空，其实，我们想要捍卫的是爱，是我们自己所理解的完整的爱。

"也许，他们以后会过得很好呢，也许，你不是在捆绑，而是在守护。"我小心翼翼地措辞，安慰唐子轩。

我们都不再说话，静静地看着木马广场上奔跑的大人和孩子。此刻的他们，融在同一个纯白的世界里。那些孩子会成长成如我如唐子轩一般有心事的少年，那些父母也许会在面对孩子们的变化时不知所措。但有一点是可以肯定的，他们如此相爱。

这样便足够了吧。

六

唐子轩在春节前回了北京，爸爸妈妈在元旦的前一天回来了。

爸爸进门的时候微笑着，远远地张开手臂跑过来抱住我，他用了很大的力气，我的眼泪簌簌地掉下来。爸爸沙哑着声音说："采薇，爸爸对不起你。"妈妈在一旁看着我们，眼圈也红了。

"爸，没事了……"我的喉咙干涩得说不出一句完整的话来。

后来妈妈告诉我，她陪爸爸把他们上大学时去过的城市一一走了一遍，爸爸也慢慢地走出了那次巨大的打击。他说他找到了年轻时的感觉，决定重新奋斗。

我告诉了爸爸妈妈我的听力下降的问题。他们责备我的隐瞒，其实我只是害怕再给他们添担忧，仅此而已。还好医生说我的听力只要加强训练，会慢慢地回复到正常的样子。原来这并不是一件很了不起的事情，只是我的恐惧吓退了自己。

木马广场上的鸽子依然安详自在地飞起又落下，我在春天的时候收到了唐子轩寄给我的信，他在信里说：

采薇：

谢谢你陪我走过那段灰暗的时光。

大人的世界永远是个谜，曾经的我总以为用自己的方式可以捍卫一份亲情，一份爱。原来不是这样的，即使他们不在一起了，也依然会爱我，很爱很爱我，只是当时我不懂……我已经可以走路了，虽然走得不稳。夏天的时候，我会独自坐火车来看你哦。

……

我依然常常坐在窗前看木马广场上的鸽子，偶尔会幻想，那里会坐着一位白衣少年，安静温和的面孔，还有头顶飞起的鸽子。我知道他和我一样，对成长路上的一些小意外会感到惊慌失措，可是我也知道，我们最终都会走过去，看到下一站的风景……

小城记忆

这是一座古老的小城。经常下雨，潮湿得像母亲的眼睛，总是盈着泪水。

莫溪记得父亲离开的那个春天，旧墙上爬满了墨绿色的叶子，大大的似手掌，阳光聚在上面，灼伤人眼。墙角的小花开放，斑斓的色彩，遮住了那些灰色的砖石。那个春天，莫溪家的小院弥漫着颓靡而忧伤的气息。所有的植物都在湿润的空气里疯长，旺盛而欢乐。只有父亲的脸越来越苍白，气息也越来越微弱，这张俊朗的脸似乎是在一瞬间苍老的。母亲日日忙碌着做各种他喜欢的吃食，她做得很精致，她边做边流下泪来，却总是笑盈盈地端到父亲的床前，眼里尽是温柔。

莫溪 11 岁的心开始懂得什么叫疼痛，什么叫无可奈何。

父亲是在 5 月走的，空气里已经有了夏天的微热气息。门前河岸边的蔷薇开得无比灿烂，火红的颜色，倒映在河水里，被撕扯得破碎，惶惶的却不肯消失。

那个春天，母亲和莫溪的生命似乎一下子单薄了起来。母亲瞬间消瘦了，莫溪幼小的心，在那个漫长的春天里盛满了酸楚。

父亲生前是镇上小学的老师，莫溪一直跟随父亲上学。过去的五年时光是趴在父亲的肩头走过的，可是那肩膀突然之间倒塌了，并且不会再立起来了，莫溪恍然不知所措。小镇上的人们总是那么热衷于讨论别人的悲欢离合，莫老师的去世使得他们开始兴奋，他们议论着，为什么那么高大英气的一个男人会突然之间就死了呢？莫溪在听到这些言语时总是哭出声来，扑到母亲的怀里。她的哭泣总是那么无助，像门前那条河里的水，寂然无声地擦过石岸的棱角，偶尔卷着枯死的叶。

莫溪倔强地不肯再去学校了，她觉得很孤单。母亲没有强求，只说过完暑假再作定论。那个暑假无比漫长，莫溪日日搬一张小凳子坐在院里，看母亲刺绣。母亲有一双纤巧白皙的手，是小镇上出了名的绣娘。她绣出来的花似能飘香，鸟似能起落，那些五彩的线，银色的针，在她手中都像被施了魔法似的，穿针引线间便是一幅锦绣图画。莫溪猜想母亲该是这世间最温婉聪慧的女子了，且又懂那么些诗词歌赋，真像是古装戏里走出来的人儿。

那些时日里，莫溪突然觉得自己长大了许多。母亲的眼睛自父亲走后就一直是湿润的，可很少有泪滴下来，她仍如往日一样，淡定地刺绣。莫溪想，这世间就只剩下自己和母亲了，应该坚强一点的。

9月终究还是来了。

那一日，母亲说，四个月了，你该想好了吧，去学校吗？

莫溪温顺地点点头。

母亲微笑着说，这样才是我们的莫溪嘛，生活要一直继续下去的，阿爸只是走到很远的地方等我们去了。

重新回到学校后，校长把莫溪插进了冲刺班里，他对母亲说，要给莫老师一个交代。

莫溪走进了那个所谓的冲刺班的教室，多是陌生而天真的面孔，表情模糊。莫溪的座位在教室最后角的靠窗位置，没有同桌，却有很充沛的阳光。

别了四个月的校园居然变得如此陌生了，莫溪才发现，过去的那些时日里，她一直只待在父亲身边，她的世界小得可怜。与同学交往居然是件如此艰难的事，她便只好沉默了，像个小哑巴。可是偶尔被老师点到回答问题时，她的思维却很清晰，总能回答得很好。父亲培养了她理智清晰的思维，却给了她一个孤单的世界。

流言不知是从什么时候传起的。

那一日课间操，莫溪听到旁边班上的两个女孩子在议论她。

高个子女孩说，听说冲刺班转来了一个新同学哎。

另一个不屑于好朋友不灵通的消息，嚷道，不是转过来的啦，是休学了几个月又接着来读哦。

高个子不解地问，听说成绩蛮好的，怎么会休学啊？

另一个来劲儿了，两片薄薄的嘴唇开始上下翻飞。在这样一个破旧的小学里，普通班的孩子们会把掌握的小消息当作骄傲的资本。她兴奋地播报着，成绩好有什么了不起啊，她爸爸以前是老师嘛，就是我们学校今年5月份去世的那个莫老师啊，不晓得得了什么怪病。听说那女孩子好早以前就有自闭症哦，不喜欢和别人说话，一直被莫老师带着上学的，莫老师去世以后她就休学了。校长可怜她，才把她带到学校来上学，还把她安排在冲刺班里哦，还不知道成绩怎么样呢。

高个子听得唏嘘不已，"自闭症"于她还是一个太陌生的词汇。

莫溪感觉有黑色的巨大的鸟在头顶盘旋，压抑的空气里全都是那细碎的声音"今年5月份去世的那个莫老师啊，不知道得了什么怪病""校长可怜她……"，空气里尘埃的味道，枯草的味道，唾沫星子的味道，混在一起，呛得莫溪眼泪落下来了，悄无声息。

12岁的女孩子如果心里布满绝望的悲伤，该有多疼呢？

冬天来了，12月的天。小镇冷得似冰窖，又多雨，天地更苍茫了。

　　小镇上的人们开始备年货了，破烂不堪的街开始热闹起来，对联、灯笼、鞭炮等什物都在小镇上亮出来了。一条狭窄的街，满眼喜庆的红，谁又看得见那些悲伤，那些只能被紧紧扣在心底的悲伤。母亲忙起来了，许多人家赶着腊月办婚事，他们慕名来请母亲绣鸳鸯枕，喜事是推不得的。莫溪要帮着母亲做许多事，那些杂乱的草，枯死的藤都要清理，家里落了灰的什物要擦亮，还要扎大红灯笼，浣洗旧衣物，父亲不在，也要与母亲一起过个欢喜的年。

　　莫溪知道这世上没有谁可以承担她的悲伤，只有自己。就像母亲，生活要继续，多喊一声苦累都显得可怜。所以要微笑着，才不会更疼。

　　渐渐的，莫溪已经习惯了那些各种版本的关于她的猜测。

　　每天她都是带着笑脸回家的，编各种学校的趣事讲给母亲听，做完作业后会帮她做些家务。如果一直这样有什么不好呢。莫溪这样想着，便觉得许多事情只要不在乎，就可以当作没发生一样了，比如那些流言。

　　期末考试来临了，莫溪并不紧张，她已经准备好了。

　　考完那天，阳光很好，这在小镇的冬天是难得的。莫溪感觉考得还可以，而且考完就放寒假了，所以她的心情是少有的愉悦。

　　回到教室准备收拾书包时，莫溪发现课桌里躺着一只橙色的暖手袋，是太阳的颜色，那么安静而温暖地躺在那里，似乎泄了一桌的光芒。莫溪有些惊愕地伸手抱起它，露出一张字条："莫溪，我看得见你所有的悲伤，也在等你的灿烂笑脸。希望以后所有的冬天都是橙色的，这样你才不会冷。"清秀漂亮的字迹，似乎带着阳光的味道。

　　莫溪的泪落下来，滴到手背上，那么灼热。

　　站在窗外的小小少年，温柔地看着女孩微微颤动的瘦削的肩，嘴角上扬，然后闪进阳光里，消失不见。

莫溪小小的柔弱的心仿佛看到了一缕阳光，亮晃晃的，暖得叫她只想哭。原来这世界上还有人在看着她，希望她开心，原来，自己并非那么孤单。

莫溪的心突然之间对生活多了一份期待。

开学发成绩单，莫溪考了第二名，比学习委员杨勋差两分。

这又是一条新闻，杨勋是从小到大得惯了第一名的优等生，然而却有一个得了自闭症的休学了四个月的女孩考得只比他差两分。冲刺班都是些骄傲的孩子，莫溪的沉默和优秀让人羡慕又嫉妒。

班主任把她从最后一排调到了第一排，与杨勋同桌。班主任想他们坐到一起会更有竞争意识，共同进步，今年的小考他带的班说不定就有奇迹出现了，奖金也必然没问题了。

小镇的春天总是带着颓靡的气息。泥土是柔软的，带着令人迷醉的芬芳，所有沉默了很久的植物都在2月里探出了脑袋，窥探或希望，只是所有的演变都是不着痕迹的，似乎是在等待某一个绝佳的时机，然后一下子鲜亮地显露出来。

莫溪心里藏着的是另一个小小的秘密，这秘密像一团火在她心里燃烧起来。她期待那个送她暖手袋的女孩子的出现，她坚定地认为那是个女孩，温柔美丽的女孩。她幻想着她走过来，拉住自己的手说，我们做好朋友吧。她甚至想好了要以怎样的微笑来回复她，并真诚地点点头。

3月的时候，小小的破旧的校园一下子亮起来了，树都绿得葱茏，残破的花坛里也开出了缤纷的花。春天似乎是公平的。

那天课间，莫溪感到后面有一双眼睛在看着自己，她回头，看见第三排靠窗边的一个女孩正看着自己甜甜地微笑。莫溪也报以一个友好的微笑。她的心在那一瞬间暖了起来。或许，她就是那个送自己暖手袋的善良女孩吧。莫溪有些难过地想，都同班几个月了，居然还不知道人家的名字，甚至都没注意过她。

果然，放学的时候，那个女孩子主动走过来跟莫溪打招呼了。她是漂亮的女孩子，束着高高的马尾，别着精致的发卡，皮肤白皙，眼睛黑亮，鼻子翘翘的，非常可爱，穿着天蓝色的针织毛衣，浅紫色的格子裙，红色的小皮鞋，看起来真像个公主。

她喊住莫溪，说："莫溪，我们可以做朋友吗？"

莫溪有些局促，这场面她幻想过无数次，可是真的发生了，她却紧张得不知所措。

女孩笑着介绍自己道："我叫孟梓欣。"然后伸出了右手。

莫溪的心急促地跳着，她觉得有些尴尬，但还是立即伸出了自己的左手。

孟梓欣大方地拉着莫溪就往小操场上走。莫溪心里盛满了欢乐，第一次这样被一个女孩子牵着手，像两个亲密无间的好朋友那样走在校园里，而且是一个这样善良漂亮的女孩。

孟梓欣给莫溪讲她的漫画，她喜欢的精品店，她当镇长的爸爸，还有她超级爱美的妈妈。莫溪很少开口，只是认真地听着孟梓欣说话，她的心里有丝丝酸楚和甜蜜，孟梓欣真的是个公主，有幸福的家，漂亮的容貌和衣服，而自己只是一个孤僻沉默的像哑巴的小孩，用骄傲和冷漠掩饰着心里的伤痛和自卑的小孩，一个没有爸爸的小孩……莫溪想着，鼻子有些酸了。然而值得欣慰的是，自己有一个善良聪慧的母亲，并且，现在孟梓欣这样一个公主般的女孩成了自己的好朋友。

阳光渐渐退去温度的时候她们才分开，各自回家。

那天晚上，莫溪有些睡不着。

这世界有太多的意外，它们守在每个孩子成长的路上，等待某一天突然冒出来，带着悲伤或欢乐。莫溪还太小了，许多事情她都需要许多时间去相信，去接受，去明白，去消化。就像父亲的离开，就像小镇上人们的言语，就像学校里孩子们的猜测，莫溪需要把那些疼痛慢慢咀嚼，才能沉入心底，再结厚厚的痂，不碰就不痛。孟梓欣的出现，她也需要细细地回味每个细小的瞬间。

莫溪成了众多孟梓欣的好朋友中的一员，这又是一个小小的新闻。

冲刺班里的两个最骄傲的女孩成了好朋友，一个成绩优秀，清高寡言，且传说是有自闭症；另一个刁钻任性，当镇长的爸爸把她安排进了冲刺班，成绩也并没多大的提高。多数情况下，在狭隘的小镇学校，这样的两个女孩应该是没有交集的，甚至会为敌，这样才符合大多数人的想法。

孟梓欣身边总是围着许多小女生，她有太多的新奇物品，各种漂亮的发卡、手链、指甲油，这在小镇孩子心中是充满诱惑力的，还有孟梓欣那张永远微笑如天使的脸。然而下课的时候孟梓欣总会主动过来拉莫溪的手，跟她说新奇的话，调侃她的同桌杨勋。莫溪有些不习惯这样，然而她心底的确是喜欢孟梓欣的。

小考越来越近了，莫溪给自己制订了复习计划，也帮孟梓欣做了一份。她想，如果能一起考镇上的重点中学的话，该有多好啊，至少自己再也不会孤单了。她觉得孟梓欣应该也是这么想的，心里有期待真是一件美好的事情。

那天课间，孟梓欣把莫溪喊到走廊上，交给她一个粉红色的信笺，神秘兮兮地说，今天是愚人节哦，这是外国人过的一个很有意思的节日，就是可以随便骗别人，别人都不会跟你生气。你帮我把这个放到杨勋的桌子里，跟他开个小玩笑吧。

莫溪赶紧推开，说："不行啊，杨勋会生气的。"

孟梓欣眨着眼睛说道："不会的啦，我从小跟他一起长大的，他知道是我开的玩笑最多就责备几句，不会怎么样的，我就画了个猪头嘛。帮帮我啦，你最好啦！"孟梓欣说完，抱着莫溪的脖子在她脸上狠狠地亲了一口，然后转身跑进了教室。

莫溪愣愣地站在走廊上，直到上课铃响才回过神来。

直到放下午学的时候，莫溪才慌忙地把信笺交给杨勋，然后落荒而逃。

4月的天漫长了不少，莫溪家的小院子又热闹起来了，那些绿色的植物旺盛地生长。妈妈每天都会备好精致的饭菜等她回家，都是家常的菜，但妈妈有一双巧手，所以总能勾起莫溪的食欲。自从与孟梓欣成为好朋友以后，莫溪就开朗了不少，她开始觉得这世界于她还是仁慈的，她开始充满了希望，这希望是关于未来的，闪着美丽的光。

然而，4月的天总不会晴很久。

第二天来到学校后，班主任一反常态地说："莫溪，你跟秦浩换座位吧，换好以后来我办公室。"他的脸是阴沉的，像雷阵雨前的天空。

莫溪不知道为什突然要自己换座位，她默默地收拾着东西，她想，也许是昨天帮孟梓欣开的玩笑过火了吧，把杨勋惹生气了。她回头看了一眼孟梓欣，她正笑着跟同桌的女孩讲着什么，似乎跟那纸条无关。杨勋主动帮他搬桌子搬凳子，脸上是愧疚的神色。

办公室里只有班主任一个人，看到莫溪进来就指着一张椅子喊她坐下来。莫溪没有坐，倔强地站着，班主任没再强求，开始语重心长地说："莫溪，快要小考了，我和校长都觉得你可以考到镇上最好的中学去。你自己也应该有信心吧。"

莫溪点了点头，没有言语，她不明白班主任到底想说什么。

班主任接着说："所以现在你应该集中心思学习，不要想些与学习无关的事，你还太小了，好多东西你都不懂，但你是聪明的孩子，我相信你应该听得懂我的话，你自己再好好想想吧。"

"可是我并不明白你在说什么，你要我怎样呢？"莫溪听得一头雾水。

"莫老师虽然不在了,但听你妈妈说,你一直是个懂事的孩子,所以不要让你妈妈担心,不要让莫老师失望啊。"班主任的眼神是诚恳的。

莫溪的心疼了一下,两下,三下……她只觉得委屈而难过,喉咙却紧得一个字也说不出来。整个春天即将结束了,春天是悲伤的季节。春天里,父亲走了,春天,春天,春天……莫溪脑海里是父亲苍白的脸,母亲饱含泪水的眼睛,还有门前那条忧伤的河……

莫溪没有再说一句话,走出办公室时眼泪终于落下来了。她仍然没有明白老师说的到底是什么。这世界到底怎么了?只是,她已经没有力气去想了,只想要被母亲抱抱。回到教室时,所有的目光都落在了她身上,她像什么也没有发生一样,走到自己的新座位上,安静地看书。

她想,不能让别人看见自己的悲伤。

中午,莫溪没有去吃饭,孟梓欣也没有像往常一样来叫她。她一个人坐在拥挤的小教室里,这里盛满了斑驳的桌椅,每张桌子上都是乱七八糟的书本,墙角的蛛网,一切都是那样令人难过,莫溪觉得心口压得喘不过气来了,那么沉那么沉。她多希望孟梓欣可以陪她一会儿啊,哪怕只是一小会儿,可是她没有开口,她从来没有主动要求过孟梓欣陪自己。

这时杨勋却来了,他在她旁边的位子上坐下来,愧疚地说:"莫溪,对不起,我只是希望班主任能给你做一下思想工作,没想到他会生气……"

"做什么思想工作啊,我到底做什么了,我有错吗?"莫溪不解地问。

杨勋的脸却红了,声音更小了:"昨天你给我的情书……"

"情书?!"莫溪有些发蒙。

"就是你昨天放学时给我的那封信。"杨勋不知该如何表达。

莫溪的心一下子凉了，仓皇地跑出教室，悲伤、委屈、绝望都涌上了心头，撕裂般的疼痛。杨勋不知所措地看着莫溪的背影。

莫溪又闻到了小镇4月的那股颓靡而忧伤的气息，一切都是潮湿而肮脏的，空气里都是不安和恐慌的因子，无孔不入。莫溪感觉自己像是在孤立无援的梦境里，四周的黑暗裹挟着未知的伤害包围过来，紧紧相逼，找不到退路。

一个人跌跌撞撞地走进学校后面的一间废弃的修车厂。那些锈迹斑斑的破铜烂铁安静而温柔，莫溪坐在一个旧轮胎上终于哭出声来。她没想过孟梓欣会那样对她，她本以为自己再也不孤单了，这世界上会有一个天使般的女孩愿意做她的好朋友。

"莫溪。"一个陌生的声音在唤她。

莫溪抬头，却是杨勋，却又有点不像杨勋。莫溪冷冷地说："优等生，去上你的课吧。只想告诉你，那信不是我写的，是孟梓欣给我的。信不信由你。"

"我是杨曦，杨勋的孪生弟弟。"少年温和地说。

"杨曦？"莫溪有些惊愕，这名字似乎和自己有着某种干系似的。

"晨曦的曦。"杨曦解释道。

"哦。可以不打扰我吗？"莫溪已经没有说话的力气了。

"这里是我的地盘哦，我带你看我收集的东西。"杨曦并不理睬莫溪的话，拉着她的手把她带进了修理厂里间的一个大厅里，这里似乎以前是存放车子的地方。墙上都是乱七八糟的涂鸦，大片大片的，透着诡异的气息。

"这里是什么地方？"莫溪问道。

"这里以前是我舅舅的修理厂，后来他出车祸去世了，场子就废弃了。不过我将来会把这里修整得更漂亮。"杨曦有些自豪地说。

"哦。"

"我知道你叫莫溪哦，我以前还跟你同班哦，莫老师当班主任的时候，你像个跟屁虫似的一天到晚跟在他后面，我就跟在你们后面。我觉得你好幸福哦，天天都是趴在莫老师肩膀上上学放学。"杨曦并没有在意莫溪黯然的眼神，只顾自己说着。

"你也可以叫你爸爸背你上学放学嘛。"莫溪象征性地回了一句。

"我爸爸只会背杨勋的。"杨曦的神情有些落寞。

"为什么呢？"莫溪感到意外。

"因为杨勋是听话的孩子啊，我整天到处惹是生非。"

"那也要有一样的爱呀，他又不是杨勋一个人的爸爸。"

"跟你讲哦，我妈妈生了我们以后就疯掉了，爸爸把她送回外婆家，重新娶了一个老婆，外婆和舅舅就说他们养我，爸爸养杨勋。可是前年舅舅就走了，我又被爸爸接回来了，不过那个女人不爱我。"杨曦似乎并没有悲伤，像是在说别人的事一般。

莫溪沉默着，她不明白这陌生的少年为什么要对自己讲这些话。

"莫溪，这些石头都是我收集的哦，将来我要在这些石头上画漂亮的画，再用他们建一座城堡。"杨曦得意地向莫溪展示他捡来的一大堆光滑的石头，他的眼睛里闪着光辉。

莫溪震惊地看着这个少年，不管生活待他如何，他都在描绘自己的梦。

直到黄昏，挨到放学的时候，莫溪才收拾了书包回家，那天她第一次逃课。可是，那个下午，让她明白了很多她以前不明白的东西。比如，该如何面对那些莫名的中伤。

关于孟梓欣，莫溪感觉是做了一场梦。小镇的日光总是惨淡的，小镇的街市沉默而肮脏，孩子们有脆弱敏感的心，玩伤人的小把戏。河水寂静温柔，带着时光的痕迹。还有母亲，憔悴而苍白美丽的母亲。莫溪感觉自己在长大，她的心可以装下所有的悲伤了，再也不会哭泣，不会不知所措，因为这世界变得太快，没有太多的时间去悲伤。

那日以后,莫溪再也没有看孟梓欣一眼,虽然她终究不明白孟梓欣为何那样待她,但是,已经不重要了。她要全心准备考试,要早一点离开小镇,带上母亲。难过的时候会去那件废弃的修理厂,多半能看见杨曦,他在画他的石头。

莫溪和杨勋以并列第一名的成绩考上了镇上重点高中的附属中学,只要不出意外,将来会直升城里的那所重点高中。

开学的那天,莫溪看到杨勋时并不意外。可是她同时看到的还有孟梓欣,她抱着大大的绒线娃娃,坐在镇长的车里,公主一般优雅地走进校门,旁边的老师们热情地跟镇长寒暄,说镇长千金不仅漂亮而且聪明。孟梓欣看到莫溪时,忙拉过她,对其中一位老师说:"张老师,这是我的好朋友,叫莫溪,以前得过自闭症,您以后一定要多多照顾她啊。"莫溪冷冷地甩开孟梓欣的手转身离开。身后传来镇长的声音:"梓欣啊,以后别跟她在一起啊,我看她是挺自闭的,别把我的宝贝女儿带自闭了。"

莫溪在听到这些言语时居然不再难过了。

她高高昂起头,走向自己的教室。

杨曦考得很差,读了镇上另一所初中。他依然会逃课去画他的石头,那些石头渐渐地都变成五彩缤纷的了,它们躺在破旧的修理厂里像是一群落魄的艺术家。

杨曦偶尔会来看莫溪,却并不找杨勋。

孟梓欣终于没有再为难莫溪了,她经常会到莫溪的教室门口喊杨勋一起去吃饭,莫溪忆起她曾说过,她是与杨勋一起长大的。

初中三年波澜不惊地过去了。

莫溪和杨勋顺利地升入了那所重点高中。只是这次考第一名的是莫溪,而不是杨勋,小镇的人们在议论着两个优秀的孩子时也不免觉得意外，杨勋居然不是第一名，只有莫溪觉得一切都是理所当然的，她只知道她付出的努力有回报了。

莫溪去学校拿通知书的那天，母亲很开心。她的伤怀了许多年的眼睛中有了光芒。6月的阳光那么亮那么暖，整个小镇似乎一下子明朗起来了。

母亲温柔地摩挲着莫溪的头发，她的小小的女儿已经长得这么高这么漂亮了，可是她还穿着那么灰暗的旧衣服。母亲的心一下子就酸了，她把莫溪紧紧地拥进怀里。莫溪不知道母亲怎么了，但她依恋这怀抱，温暖而安全，像是回到了婴儿时期，被羊水包裹着。

"小溪，阿妈带你去买一件漂亮的衣服吧。"母亲认真地说。

"阿妈，不要啦，我这衣服挺好的啊。"母亲不解地看着莫溪。

母亲进屋里收拾了一下，锁好了门就拉着莫溪去了镇上唯一的一条热闹的街。

莫溪还是第一次这样认真地走在这条街上，以前都只是经过，并未做过多的逗留。小店的老板们一律都是满脸的笑容，有些人是认得母亲的，便夸莫溪聪明漂亮，莫太太好福气。莫溪礼貌地微笑，并不言语。街道很有些拥挤，6月的天，闷热而潮湿，已经有苍蝇在飞了。家家门前都有一小堆垃圾，等待着收垃圾的老头儿来将它们带走。卖衣服的小店都很狭窄，里面的墙上挂满了衣服，中间的架子上挂的也是衣服。那些款式老套的衣服全像无精打采的人一般，耷拉着脑袋等待着被带走。

转了一大圈儿，莫溪都没有看到中意的，很失望，母亲安慰她，一定会有一件漂亮的衣服在等待着她的美丽女儿的。

最后在一条小巷子中找到了一家小店，叫"公主的小屋"，里面卖的全部是颜色素雅的裙子，并不多，但都很精致，摆放得也很漂亮。小店在小巷深处安静得如一株静静开放的百合花。

莫溪看中了一条米色的长裙，设计风格简约大方，裙摆有波西米亚风格的花边，浅紫色的，与领口浅紫色的流苏遥相呼应。当莫溪从试衣间走出来的时候，母亲惊呆了，她的女儿其实是一个公主，只是一直生长在那个荒芜的小院子里，被日子磨得灰暗了。

裙子的标价是280元，莫溪换下裙子后对母亲说："阿妈，我不要了，裙子有点小。"

"不小的，要了嘛，小溪，你穿那裙子好漂亮。"母亲高兴得如孩子一般。

"不要了，去别的店再看看啦。"莫溪拉着母亲的手就往外走。

"老板，多少钱啊，那裙子？我女儿要了。"母亲急忙对老板说。

"那裙子她穿着的确漂亮，原来卖280的，我只有两条，已被人买走了一条，这条等到主人了，就便宜卖吧，180块钱。"老板微笑着说。

母亲并没有再还价，付了钱，拿了裙子，一脸的笑容。

那个暑假，莫溪开始跟着母亲学刺绣。细的线，细的针眼，细的心，莫溪开始觉得生活其实就是一条细水长流的小溪，只是偶尔会碰到岩石，会碰疼，会溅起水花，可终究还是和缓的。

这期间，杨曦来找过她，告诉她，他将要去一所职中学习汽车修理。不知从什么时候起，杨曦一下子长得那么高大了，当他站在莫溪面前时，莫溪感觉自己被笼罩在他的影子里。他离开时，莫溪突然之间觉得心里有浓得化不开的惆怅，看到杨曦的背影，她再次感到了那种熟悉的孤单。

过完了漫长而闷热的暑假后，开学的日子到了。

那天莫溪穿上了她的新裙子，公主一般优雅。

报名的时候看到了孟梓欣，莫溪已经不感到意外了，她有个当镇长的爸爸。让她意外的是，孟梓欣穿着与自己一模一样的裙子，她那张骄傲的漂亮脸蛋儿上挂满了泪水，杨勋僵硬地递着纸巾，她狠狠推开，转身，却看到公主般耀眼的莫溪。孟梓欣猛然之间怔住了，再也挪不动脚了。这个有自闭症的女孩，有着令人羡慕的成绩的女孩，曾被自己玩弄的女孩，穿着与自己一样漂亮的裙子，公主般站在自己面前，并且拿着那张可恶的录取通知书，她将要和杨勋同班，还有可能又是同桌。孟梓欣感到了自己的狼狈，她擦了一下眼泪，咬着下唇，骄傲地从莫溪身边走了过去，在擦身而过的那一瞬间，她的凉鞋不着痕迹地从莫溪的左脚小趾上踏过去了。钻心的疼痛让莫溪倒吸了一口凉气，莫溪仍愣在那里，孟梓欣看她的眼神充满了怨恨，这怨恨如她骄傲而美丽的脸上的泪水一般令莫溪费解。

"莫溪，你也来报名哦。"杨勋走过来问道，脸上还有尴尬的神色。

莫溪猛然反应过来，却只是笑了一下，便钻进人群里排队报名。对于杨勋，她不想有太多的言语，这个骄傲的男生！虽然他有一张与杨曦一模一样的脸。

杨勋看着莫溪的背影，心突然疼了起来。他相信了杨曦的话，他的倔强而善良的弟弟说，莫溪是小镇上最好的女孩。是的，其实她是公主，在庸俗、破旧、刻板的小镇莫溪是个真正的公主，她有着与小镇人不一样的灵魂，只是他以前没发现而已。

高中是一个新的开始，莫溪闻着陌生的空气，突然之间很想有一个新的自己，她想要变得明媚，不再像从前那样，世界里只有她自己。16岁该是明媚的，像身上的裙子一般清新的。

与杨勋又在一个班里，他不再像从前那般骄傲了。经常会叫莫溪一起去吃饭。偶尔莫溪会去，话题总是围绕着杨曦的，然而杨勋对杨曦了解的并不多，他们在一起的生活很少。

10月末是莫溪的生日，杨勋邀她放假时去家里玩，说到时候杨曦要回来。

放假那天杨勋帮莫溪拿东西，他们是一起回的家，莫溪去了杨勋的家。第一次去别人家里，还是男生家里，莫溪有些害怕，可是，她发现自己居然如此想念杨曦，想念到心口微微地疼。

杨曦比他们早一天放假，所以早早就准备好了等在门口接他们，看得出来杨曦是很高兴的。杨曦的爸爸妈妈热情地接待了莫溪。杨曦的家很大，比莫溪想象中的样子还要大。杨曦早就摆好了各种零食在茶几上，只等莫溪的到来。

杨曦说："今天是特别为莫溪过生日的，爸爸妈妈听说莫溪与杨勋、杨曦都曾是同学，很高兴。"

莫溪局促不安地坐在沙发上，她只是想问问杨曦的情况，然后就回家，妈妈一定在等自己。然而杨曦留她吃过午饭再走。看得出来，杨曦的爸爸妈妈都是很好的人，杨曦过得还算幸福。然而他为何要那样说他的爸爸妈妈呢？莫溪有些不解，她的心突然有些乱了。

孟梓欣会来是莫溪完全没有想到的，而当孟梓欣看到莫溪时也吃了一惊，然而她马上就微笑着过来拥抱了莫溪，笑着说："真没想到你也会来哦。"

杨曦妈妈爱怜地拉住孟梓欣的手说："想死我了哟，我的宝贝干女儿，在学校还好吗？杨曦有没有欺负你啊？"

看得出来他们是很熟悉的，原来孟梓欣并没有上重点高中，而是跟杨曦一样上了职中。

这时杨曦嚷道："梅姨，分蛋糕吃啦，今天专门给莫溪过生日的啊。"

孟梓欣惊呼道："原来是莫溪的生日啊，我真是好运气哦，一来就有蛋糕吃嘞。"

莫溪站起身说："我妈还等着我回家吃饭呢，我要回家了，今天谢谢叔叔阿姨。"

"吃完蛋糕再走嘛。"杨曦和杨勋异口同声地说。孟梓欣撇了撇嘴巴。

莫溪愣愣地站着，杨爸爸过来拉她坐下，开始分蛋糕，省了那些程序。孟梓欣热情洋溢地讲着学校里发生的各种事情，还说有小女生给杨曦写情书，杨妈妈开心地看着孟梓欣，像是看着自己的孩子一般，莫溪想起母亲看自己时的眼神。

莫溪随便吃了几口蛋糕便匆匆走了，逃跑似的。

杨曦赶出来送她。他的眼睛里弥漫着忧伤，莫溪第一次注意到。两人一前一后沉默着走了一段路，杨曦终于开口了："莫溪，你在学校还好吗？"

莫溪的心温柔地疼了一下，眼前的男孩不再是那个天真的小小少年了吧，他羞涩而不善言谈了，他不会给她讲他的那些石头了，其实莫溪一直想知道那些石头被画成了什么样。他的城堡垒起来了吗？莫溪只觉得心里愁肠百结，却不知为哪般。

杨曦紧张地问："怎么了？"

"杨曦，其实你有一个很幸福的家，你跟我一点都不一样。你看你都不会给我讲童话了。"莫溪的声音在10月的风里是稀薄的。

杨曦错愕地看着莫溪，他突然之间觉得莫溪的眼神是如此陌生。

莫溪只想要回到家里，这一刻，她是如此想念母亲，想念家里的那个破旧的小小院落。16岁生日这天，她的心被一种温柔的悲伤灌满了，很沉很沉。她能够那么清晰地感觉到杨曦在她身后无奈而难过的眼神，只是她无法回头。她看见了杨曦的幸福，可是这幸福却让她难过得要命。

杨曦看着莫溪的背影，他想，她一直是如此骄傲而脆弱的吧。

母亲早已备好了饭菜站在门口等莫溪回来，看见莫溪时，她的眼睛里盛满了秋天的阳光。

秋天的院落总是格外萧条的，那些在春天里占据了一整面墙的叶子都枯槁了，只剩些褐色的藤蔓还执拗地爬在墙上，似一张巨大的网。莫溪看着母亲忙碌的背影，她的背已经有些驼，她越来越瘦了，单薄得似一片挂在枝头的叶子，随时都有可能落下来一样。

莫溪又开始缠着母亲教她刺绣，孩子一般地缠着，她喜欢这样的感觉，长不大似的，没有悲伤。

在家里的两天时间很快就过去了。

返校后，杨勋给莫溪带了一封杨曦写的信。杨曦说："莫溪，你以后不会再孤单了，因为我会陪你，即使我不在你身边，我也会为你祈祷的。还记得那个橙色的暖手袋吗，我早就给你摘了一颗小小的太阳。"

莫溪泪流满面，她终于知道是谁在三年前的那个冬天给了她满满的期待。

可是，她没有看见身后杨勋落寞的脸。

高二分了文理科，莫溪选的是文科，杨勋也选了文科，在莫溪的印象里，杨勋的理科科目比自己强很多，又是男孩子，为什么要读文呢？莫溪建议杨勋转到理科班去，杨勋没有说什么。

孟梓欣来找莫溪是在9月末，空气里还残留着夏天的余热。

孟梓欣如同六年级的那个春天一般，温柔地喊莫溪的名字，拉住她的手。莫溪有些不知所措，却也并没有挣开。她不明白孟梓欣怎么了，也不明白自己怎么了。当孟梓欣拉住她的手时，她忽然间觉得她们已经长大了，很多事情都不要再计较了吧。

孟梓欣要带莫溪去吃冷饮。

她们去的是学校附近的冰激凌屋，孟梓欣点了两份草莓味的冰激凌，要了两杯芒果奶茶。

她脸上依然是甜美的笑容："莫溪，都是我喜欢的口味，不过我觉得你也会喜欢，因为我觉得我们是一样的人，骨子里有着一样的骄傲，想要的东西会努力去争取，就连这小镇上的两条绝版的裙子都被我们选了。"

莫溪有些迷惑，她不明白孟梓欣为什么要这么说。

"我喜欢杨勋,从小到大。"孟梓欣突然说,她的美丽的大眼睛里掠过一丝难过,但脸上仍是骄傲的表情。

莫溪有些发愣,茫然地说:"这个与我没有关系吧。"

"与你有关系!"孟梓欣的声音提高了,"我的学习成绩从小就不好,我不爱学习,学校都是爸爸给我安排好了的,我不用操什么心。可是你们的高中我进不了,我以前以为我要什么都可以得到,原来有些东西我要不来,比如杨勋,比如你们学校学生的身份。"

莫溪看着孟梓欣的脸,觉得她的骄傲其实是那么脆弱。

"还记得你们报名那天吗?"孟梓欣抬起头来看着莫溪,"那天他让我以后尽量别来学校找他,他说他要好好学习,见鬼。我们从小玩到大我就没影响过他学习,到高中我就影响他了,就因为现在我是一个职中女生了。"

"也许还有其他原因吧。"莫溪试图安慰她。

"对呀,原因就是,他听了杨曦的话,喜欢上你了!"孟梓欣难过地叫道。

"孟梓欣,不要乱猜,我不想被你们卷进来。"莫溪有些厌烦地说,她仍记得六年级的那个愚人节。

"杨曦说他要走了,他要杨勋好好照顾你,他说杨勋可以给你未来,他说你是小镇上最好的女孩子!"孟梓欣的眼泪几乎要流出来了。

"杨曦要走了?"莫溪的袋"嗡"了一下,"去哪里?"

"反正就是要走了,鬼才晓得要去哪里。你喜欢他对吧,你去告诉杨勋好吗?你说你喜欢杨曦,不然就来不及了。"孟梓欣急急地说。

莫溪扔下孟梓欣,冲出了冰淇凌屋。杨曦要走了,他会去哪里呢,为什么没有告别,就把自己扔给了杨勋那个骄傲的男生?莫溪慌乱地去车站打车,她要找到杨曦,她要问明白。杨曦说过的，以后会陪她，不让她孤单。

莫溪赶到废弃的修理厂时已是下午了。

一切都还是当初破旧的样子，只是荒草生得更多了。莫溪走进里间，被眼前的景象惊呆了。房子中间是用五彩缤纷的石头垒成的城堡，那些石头鲜活明亮得如同凡·高的星空，墙上的涂鸦全是莫溪的画像，画得很夸张，全是笑着的。

墙角有小小的字："莫溪，很小很小的时候就觉得你是与其他小孩不一样的女孩，因为你只会趴在莫老师的肩膀上笑，其余时候你总不笑。我喜欢跟在你们后面，看着你们回家，就会觉得幸福。我的妈妈是个善良的疯子，她会把断了一条腿的猫抱回家，我的舅舅是个善良的酒鬼，他会让我整日在他的修理厂里胡涂乱画。小镇不属于我，我要去找个画画的好地方。小镇也不属于你，你要好好学习，早点离开。杨勋会陪你考大学的。有一天我会回来，带我的母亲去一个美丽的地方，小镇上的人都不相信母亲有孩子，没有人肯让我承认她是我的母亲，就连我的外婆都不让我承认她是我的母亲。那些石头都在这里了，它是我送给你的城堡。"

那年的冬天，小镇下了一场前所未有的大雪，整个小镇都被洁白的雪包裹着，所有灰暗的颜色都消失了，所有肮脏的棱角都成了光滑的弧线，那些掉光了叶子的树立在茫茫的洁白的小镇街边，河岸边，房屋边，竟显得如此苍凉。小镇终于沉默得像个高贵的诗人一般，浮华匿迹。

在那场大雪里，小镇上的一个女疯子失足跌入了小镇上的唯一的那条河里，尸体一直没有找到。

有人说那个女疯子在那天一直念叨着她的儿子，她是为了去找她的双胞胎儿子而掉进河里的，可是传说她是没有儿子的。

莫溪是听母亲说的，母亲的声音很悲伤，她说："那个女人真的可怜啊，一直到死去的时候都没人相信她。"

莫溪问:"阿妈,你信她有儿子吗?"

母亲的眼睛里竟滚出泪来,一个女人即使疯了一辈子也会记得自己的孩子的,她是有孩子的。

莫溪的心惶然地疼。

杨曦会在哪里呢。

世界也许一直都不是荒芜的,只是心里搁不下太多繁华。

莫溪总是会想起在小镇的时光,疼痛的,温暖的时光。

莫溪考上了很好的大学,她带着母亲离开了小镇,杨勋出人意料地考得很差,镇长给他在小镇上安排了工作。有些事情的发生总是找不到原因。莫溪不知道杨曦有没有再回小镇,只是她的心里从此以后就有了一个疼痛的结。

后来听说孟梓欣嫁给杨勋了,杨妈妈一定很开心吧。莫溪没有去参加婚礼,他们举行婚礼的时候,莫溪正在缠着母亲教她绣鸳鸯枕头,27岁的时候她又想做回孩子,只是母亲的视力已经不能刺绣了。

时光倒影

许愿终于习惯了这样的孤单，即使依然是一个人走这条曾经两个人走的路。

那个沉默的夏天太冗长，太狼狈，太疲惫，空气里全都是蒸发了的眼泪。所以当许愿那天穿着T恤骑着自行车去上学感觉到冷的时候，突然觉得心里涌起了喜悦，是那种很久以来都无法承认的喜悦。她在心里默默地对自己说："夏天过去了，夏天终于过去了……"

是在那个初春吧，许愿坐在那个他们去过很多次的体育馆里对秦牧阳说："秦牧阳，你愿意拜倒在本姑娘的牛仔裤下，以后一直牵着我的手走那条上学的路吗？"初春的阳光慵懒地从窗口射进来，打在许愿的脸上，她的眼睛光芒闪耀。嘴角扬起的弧线那么好看，那一瞬间的许愿是美丽而可爱的，秦牧阳有些晕眩。

"除非你的牛仔裤下有一千万元哦。"秦牧阳丢过来一个痞子般的笑容。

"去死！"许愿拿出她的杀手锏——狠狠地掐了秦牧阳的胳膊一下。

也许是随便惯了吧，从小到大，打打闹闹，谁也不会把谁的话当真，而谁在认真地说了一句话，他们俩是不知道的吧。就像即使开口说出来，他们也不会明白彼此的心意。

从无知的童年，到纯洁懵懂的少年时光，她的身边一直有他，他的身边也一直有她，看着彼此的微笑和眼泪，一路跌跌撞撞地成长，这么熟悉又这么陌生，陌生于那些在不经意间萌芽的秘密。

许愿和秦牧阳住在同一条街上，上幼稚园的时候还是同桌。四岁时的秦牧阳又矮又瘦，像一只小猴子。因为从小身体就不好，经常生病。而四岁的许愿却是一个小肥妹，所以每次秦牧阳受欺负了都是许愿帮忙"摆平"的。许愿还特英雄地对秦牧阳说："以后就让我保护你哦。"这些事后来被秦牧阳称为他六岁前最丢人最耻辱的历史，也被许愿称为她六岁前最骄傲最光荣的历史。

他们牵着彼此的小手在那条破烂的小街上走了许多年，直到理解"男女授受不亲"这句古话后才放开手的。那些无知的年纪里，许愿永远惦记的是秦牧阳爸爸带回来的太妃糖。虽然许愿从来都没见过秦牧阳的爸爸，但这个对于她来说无所谓。而秦牧阳永远惦记的是在许愿家蹭饭的时光，并非许愿家的饭菜更丰盛，只是幼时的秦牧阳觉得许愿家有三个人一起吃饭，而且许愿的爸爸会讲很多好笑的故事。而在自己家里，只有他和妈妈两个人吃盒饭。妈妈要上班，做饭的时间并不多。所以秦牧阳和许愿一起去她家吃晚饭，第二天秦牧阳带一大包的太妃糖作为他俩的零食。许愿到现在还在责怪她那颗大蛀牙是秦牧阳的错。

上初中以后秦牧阳再也不去许愿家吃饭了，他爸爸再也没有给他买过太妃糖，其实他也从未见过他爸爸，那些糖是妈妈交给他的。妈妈告诉他，爸爸在很远的地方上班，回不来。秦牧阳并没多问，他不想跟妈妈求证这句话。他懂事后就知道，这是个会让妈妈伤心的问题。

但是，秦牧阳每个星期还是会给许愿买一次糖果。只是开玩笑说要许愿经常怀念一下对他的大恩大德。

长大以后的秦牧阳再也不是小时候那般的瘦小了，而许愿也不再是当初的那个小肥妹。

秦牧阳成绩不太好，而许愿的成绩一直是很优秀的。这点让许愿在秦牧阳面前依然有着骄傲的资本，因为秦牧阳的妈妈让许愿给秦牧阳补课。那个面容安静的女人眼睛里永远有散不去的哀伤，许愿一直有点怕她，她让许愿感到压抑，还有心慌。

许愿记得那天她和秦牧阳一起走到秦牧阳的家门口正准备说再见时，她叫住许愿说："愿愿，你来坐会吧，我家阳阳老往你家跑呢。"她喊她"愿愿"，有些爱怜的语气，而许愿的爸爸妈妈从来都是喊她"许愿"或"小愿"的。许愿有种说不出来的感觉，居然心里生出些哀伤。许愿走进门，这个家于她是陌生的，虽然他们一起长大，但许愿从来没有去过秦牧阳家。小时候每次放学那门多半是锁着的，秦牧阳有钥匙也不愿开，直接去许愿家。秦牧阳家的房子不比她家的小，只是所有的东西都摆放得井井有条，没有一丝凌乱的痕迹。这让许愿感到拘束。秦牧阳嘻嘻哈哈地说："大小姐光临寒舍居然不脱鞋，太没素质了。"许愿横了他一眼，也没说话，这倒让秦牧阳有些不适应了。

秦牧阳的妈妈端出来一盘水果，坐在沙发上，微笑着说："愿愿，阿姨求你一件事，我家阳阳贪玩，功课不好，你以后有时间来我家里帮他补补，我怕他考不上好学校。"

许愿有点意外，因为秦牧阳总是跟她说他妈妈不怎么管他学习的。还没等许愿开口，秦牧阳就说："妈，算了，人家许愿可是乖乖女，哪敢放学不回家啊。"

许愿说："可以的，反正放学回家也就是看看电视，没什么事做。"然后鄙夷地看了秦牧阳一眼，得意地笑着，嘴角上扬。

秦牧阳的妈妈很开心，留许愿吃晚饭，但许愿没答应。

从秦牧阳家里出来，许愿一直感觉那个家怪怪的，她觉得这个家与秦牧阳的那张整天嘻嘻哈哈的脸不协调。可是哪里不协调呢？她又说不出来。

回到家时，妈妈已经把饭菜做好了，爸爸坐在饭桌旁的沙发

上看报纸。家里人都等她吃饭呢。没等妈妈开口,许愿就说:"妈,我去秦牧阳家坐了一会儿,所以回来晚了点。"

"你去他家干吗啊?"妈妈不高兴了。

许愿没说什么,她走到饭桌前,叫爸爸过来吃饭。

妈妈帮她盛好饭,语重心长地说:"小愿,以后别到阳阳家去了。一个女孩子往人家男生家里跑会招闲话的,你们现在已经不是小孩子了。"

许愿只顾埋头吃饭,并没理会妈妈。饭吃完的时候,许愿对妈妈说:"我答应秦牧阳妈妈帮秦牧阳补习功课了。我以后必须每天去他家或他每天来咱家。"她的语气异常坚决,妈妈急了,说道:"阳阳是私生子,这条街上每个人都知道。你们俩现在都这么大了,不要招人家闲言碎语。你们小时候不懂事,但现在不同了!"

妈妈的话让许愿感到吃惊,难过,迷惑,心痛。

原来,秦牧阳的爸爸其实从来没有在他的生活里存在过,那些太妃糖,那些有时的骄傲,其实一直都是谎言。或许连秦牧阳自己都不知道。

许愿并没有因为妈妈的话而放弃帮秦牧阳补功课的念头。只不过地点不在秦牧阳家,也不在许愿家里,而是学校体育馆里。许愿告诉妈妈自己的决定时,妈妈只叹了一口气,什么也没说。她了解自己的女儿,她也一直喜欢秦牧阳,因为秦牧阳在她眼里就是一个很懂事的孩子。

那些在体育馆里度过的傍晚温暖而美好,秦牧阳并不是不好好学习的孩子,他那么认真地听许愿讲每一道题,也许只是为了不让妈妈难过,不让许愿失望而已吧。许愿每次在薄暮的光线里看秦牧阳的侧脸时,心都在微微地疼。她想,秦牧阳那张从不挂忧伤的脸是上天对他的补偿吧。

秦牧阳喜欢画画,每次许愿给他补完课,他都会画张画,画里永远都是许愿,正面,侧面,微笑,忧伤。用秦牧阳的话说,找模特费劲，许愿也算个模特，免费用用。但许愿说，那是为了成全秦牧阳对自己的崇拜。

秦牧阳是脑袋瓜特聪明的孩子，加上许愿的天分，他的成绩进步很快。当他那天告诉秦妈妈自己的英语考了 87 分时，妈妈为他和许愿做了一顿丰盛的晚餐。

一放学秦牧阳就把许愿拉去了自己家里。秦妈妈已经准备好了一切，秦牧阳兴奋地说："借许大小姐的光我今天有口福了，你等下少吃点，给本少爷多留点，你回家还可以再吃的嘛。"

那天在秦牧阳家里许愿感到很温暖，这个一直让她觉得压抑的家，在那一晚变得很温馨，虽然回家后挨了妈妈的批评，但许愿心里还是高兴的。

秦牧阳能和自己考上同一所重点高中让许愿感到很意外，要知道她一直是学校的前三名，而秦牧阳一直游居一百多名，中考前的那几次模拟考试也勉强到六七十名。但她在意外之余更多的是开心和欣慰。只有秦牧阳自己知道这个结果是他无数个挑灯苦战的夜晚换来的。

秦牧阳挤进了许愿所在的学校，但并没有挤到许愿的身边。优秀的许愿在实验班，而分数很险的秦牧阳只能在所谓的普通班。但是，要挤到许愿身边还有高二分班的那次机会。

许愿从未想过平常嘻嘻哈哈的秦牧阳也会有如此上进的时候，所以现在那个每天为学习拼命的秦牧阳让她感到很陌生，因为见到秦牧阳的时间越来越少。秦牧阳越来越忙碌，虽然他依然每天早晨买好了早餐送到她的教室门口，下午放学会等她一起回家，但他的话越来越少了，那条欢乐的回家的路变得沉默了。

少年的神经总是敏感的，许愿能够感觉到秦牧阳任何一点点细微的变化，他的面容越来越棱角分明，他的个子一下蹿高，甚至高出自己一个头，他的以前总是上扬的嘴角现在经常倔强地抿着。她每天看着走在身边的变化很大的他却不知道为什么。

谁也猜不出秦牧阳的小小的甚至有些可笑的梦想，即使是从小一起牵着手长大的许愿也不知道。紧张的高中生活使得谁也没有太多的时间去思考些什么。

当好友唐欣告诉许愿自己喜欢秦牧阳时，许愿的慌张和不知所措令自己也感到吃惊。

那天唐欣问许愿："那个天天给你送早餐的男生是你男朋友吗？"

许愿慌忙道："别瞎说，他是我邻居，为了常来我家蹭饭才讨好我的。"

许愿的慌忙也许只因羞涩，只因年少害怕流言吧，毕竟在那个优等生云集的班里，这样的话还是可以引起不小风浪的，何况是从唐欣这样一个大大咧咧的女孩子嘴里说出来的。

这时的唐欣才兴奋地拿出一个粉色的心形信笺给许愿说："那就好，我喜欢他，帮帮我啦。你真是个人才，有个这么帅的邻居居然没发展一下，专门为我留的吧！"

许愿努力装出不在意的样子，可是那一天她的世界就乱了，她心里的失落仿佛一千根针在细细地扎。

放学的时候，许愿笑脸盈盈地把那个信笺交给秦牧阳说："你艳福不浅哦，我们班的美女兼才女唐欣同学看上你了。这是她写给你的情书，慢慢看，别乐晕了，我背不动你。还有哦，要准备哪天请我这只青鸟吃大餐哈。"

秦牧阳一脸的惊诧，他看着许愿那双溢满笑意的眼睛，心开始微微疼。

许愿自顾自地说："真搞不懂，她居然看上你了。别浪费资源了啊，以后可没这么好的运气了。加油哦，争取高二时考到我们班来，就可以跟她出双入对了。"她掩饰着自己的悲伤，装得那么无所谓的样子。

秦牧阳突然笑了："哈哈，明天就可以告别单身了，真酷耶！"他脸上的笑容把许愿的心刺得生疼。

那天的黄昏漫长得有点让人喘不过气来，被太阳拉长的影子跟在他们身后显得孤单而落寞。

年少是倔强的，倔强着不肯屈服，不肯显露心迹；倔强着吞咽悲伤，笑容却依旧明媚，只有转身后才眼神黯然，可是谁又看得见？

许愿开始自己从家里带早餐，开始把闹钟定早半小时，开始自己一个人匆忙上学，开始在放学时逃也似的冲出校门。她小心翼翼地躲避着秦牧阳，小心翼翼地躲避着心中的秘密。那条他们一起走了将近十年的路变得孤单而陌生起来，这陌生感让许愿觉得不安而沮丧，她没想过自己会落下泪来。

像所有高中校园的小恋人一样，秦牧阳开始在放学的时候载着唐欣，把她送回家，然后骑向相反方向的自己家。只是他没想过自己会直接骑到许愿的家门口，那扇熟悉的紧闭的门让他的悲伤落了一地。

唐欣眼里的光辉和明媚使得许愿相信他们是那样的幸福，她突然发觉就在不经意间，她遗失了一样一直在她手边的东西。

秦牧阳的脸上永远有着灿烂无比的笑容，许愿想，他的快乐也许只剩唐欣了。她的记忆开始腐蚀，幼时紧牵的两只小手，模糊了的孩童的眉目。

高二分班，秦牧阳没有分到尖子班。

唐欣对许愿说她不喜欢秦牧阳了时的表情与当初说喜欢他时的表情一样兴奋。那时候已经是秋天了，唐欣对许愿说："许愿，我今天突然发现秦牧阳那小子一点也不喜欢我！他还嫌我没你温柔，气死我了！我怀疑那小子看上你了。"

许愿掩饰着心里的意外说："都半年了，你现在说这话可是很没良心的啊！帮他上进嘛，你这么可爱他怎么会不喜欢你。"

唐欣的眼睛里闪过一丝无奈："我们分手了。这样的日子没法混了，我围着他转得晕头转向，都半年了，我还从来都不知道他心里在想什么。他高兴了我就高兴，他不高兴了我感觉天塌了似的，累啊！"

许愿没想过结果会是这样的，她有些不知所措。

那天放学时，秦牧阳带着他的招牌痞子笑容等在了许愿的教室门口，高声喊着："许大小姐，回家啦。"他的身影嵌进身后的黄昏里，像个遗失了很久的梦轻轻撞着许愿的心，她看了一眼唐欣，唐欣只是朝她笑了笑。

一切都变得这样突然，仿佛回到了从前，他们又一起走在那条熟悉的回家路上，秦牧阳的笑脸一点也没退色，似乎没有一点忧伤。许愿没问什么，她想，就这样吧，就当什么也没发生过。

寒假的一天，秦牧阳骑着单车把许愿带回初中学校玩，许愿坐在他身后嘻嘻哈哈地笑他煽情恋旧。秦牧阳骑着车载着许愿在那个破旧的凹凸不平的操场上转了一圈又一圈，许愿微笑着，心里漫过一片温暖。她扬起头从后面看着秦牧阳，白色衬衫，被风吹起的头发，明媚美好的样子，她突然很想抱紧他，填满他所有的缺失，让他一直这么没有负担的明媚而快乐。

终于累了，他们去那个灰旧的体育馆休息。

寒假的体育馆很安静，显得有些寂寥而落寞。

秦牧阳问许愿是否还记得当时给他补课时坐的那两张桌椅，许愿茫然地说："记不太清楚了。"

秦牧阳神秘地笑了笑，拉着她的手找到两张旧椅子坐下。

"我才不信就是这两张破椅子！"许愿撇撇嘴说。

"有我们的名字哦，在椅背上，我刻的。"秦牧阳得意地笑了笑。

许愿用不可思议的眼神看着秦牧阳，转过头去找，果然找到了两个字迹模糊的名字，那一瞬间她心里涌起的感动直击心脏。她用指尖轻轻地抚摸着那两个名字，微笑着。

"停啦！你那样子真煽情！"秦牧阳嘻嘻哈哈地说。

许愿立马狠狠地掐了他一下，疼得他哇哇直叫。

"许愿，别闹了，我有事跟你说。"秦牧阳突然严肃起来。

许愿有些局促，秦牧阳很少这样一本正经地叫她的名字，也很少有这样严肃的表情。

"我们是从小一起长大的，对吧？"秦牧阳自言自语似的说，"你应该挺了解我吧？"

许愿听他卖关子就急了，嚷道："快说嘛，急死人了。"

"我爸就要回来了。"

"你爸？"

"对！呵呵，他是个挺没用的穷诗人，现在漂泊累了，要回来带我跟我妈回他的家乡了，挺有意思吧！"

"你编电视剧啊？"

"反正我妈是这么跟我说的，她让我别恨他，我妈到现在还挺爱他的。小时候那些糖果都是我妈买的，她想在我脑海里给我留个好爸爸的印象，因为她怕如果我爸哪天回来了我不爱他。"

"你真的不恨他啊？"

"我妈让我不恨我就不恨，我妈都不恨他，我有什么资格恨啊？"

许愿不知道自己该高兴还是该悲伤，体育馆安静得像天堂，尘埃在薄薄的光辉里舞蹈。秦牧阳的侧脸在那光辉里被雕琢得沉静而俊美。许愿的脑海里浮现了秦牧阳的妈妈那张苍白的脸，似乎从来没有过幸福的颜色，心里却有执着得如同诗歌般不朽的爱。

"你会离开，对吗？"许愿轻轻地问，心里有种破碎的声响揪紧了神经。

"也许吧，但不会很快。如果你留我的话，我说不定会留下来哦，因为你是许大小姐嘛！"秦牧阳开玩笑似的说。

许愿没有说话，她想是个玩笑吧，他从来都没有一个完整的家，现在怎么会放弃，就算他会为她留下来，那么他会开心吗？

烦琐而枯燥的春节过完后就是春天了，冰冷了一个冬天的空气开始变得温暖了，裸露了两个月的枝丫开始热闹起来，破旧的街也开始有了些生气。就快要开学了，那天过后许愿只在拜年时见过秦牧阳，而后就忙乱地过来了，也不知道他家搬走了没有，应该不会在春节期间搬吧。许愿一边整理书包一边安慰自己。她想，至少秦牧阳应该和自己正式地告别吧。她胡乱地想着，心里结满了惆怅，像绵绵的春雨般潮湿而茫然。

果然，开学那天秦牧阳像往常一样扶着单车等在了许愿的家门口，许愿满心欣喜。

"大小姐，今天没什么要紧的课，老师都是啰唆一些原话，你陪我逃一上午课吧，以后……可能没机会了哦。"秦牧阳带着他的招牌笑容说。

许愿的心收紧了，她开始慌乱，她想抱紧他，用尽力气地抱紧这个与她牵着手长大的男生，不松开。但是她什么也没有做，只是茫然地点了点头。

依然回到了那个破旧的体育馆，依然坐那两张椅子。

"陪我坐坐哦，就一个上午，我家明天搬走，去内蒙。"秦牧阳神色黯然地说。

虽然是预料中的话语，却依然使得许愿落下泪来。

秦牧阳轻轻地拍着许愿的头说："丫头，从小到大你都没在我面前哭过哦，今天干吗这么煽情啊？看起来你很舍不得我哦！终于让我觉得自己挺有魅力啦！"

许愿没理睬秦牧阳的话，她突然很认真地说："秦牧阳，你愿意拜倒在本姑娘的牛仔裤下，以后一直牵着我的手走那条上学的路吗？"

秦牧阳丢过去一个痞子般的笑容说："除非你的牛仔裤下有一千万元哦。"

许愿永远记得那天自己无比认真的表情。那一瞬间她的心很冷，她想，秦牧阳，你个王八蛋，你说过如果我留你你就会留下来，是开玩笑的吗？为什么要开这样伤人的玩笑？

许愿看了一眼秦牧阳的脸，没说一句话就跑出了体育馆。初

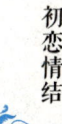

春的阳光懒懒地在街上流淌，似乎要让所有人的快乐和悲伤都发酵，然后酿一坛 4 月的酸涩的酒。

许愿放学后昏昏沉沉地回到家，从秦牧阳家门前经过时，看到一辆小货车停在他家门前，一个 40 多岁的俊朗男人与秦牧阳正往车上抬一只柜子。

看到许愿走来，秦牧阳马上放下手中的活儿喊住她说："许愿，这是我爸，我们今天就走了，东西他们上午就搬得差不多了。"他不安地搓着手。

"哦。"许愿倦怠地抬起眼睛看他，她的眼睛已经哭得有些肿了。

"你等我一下，我有东西拿给你。"说完，秦牧阳便转身跑进屋里，拿出来的是一个牛皮纸袋。

许愿接过袋子说："今天上午，对不起。"

"没事，你那点小脾气憋了这么多年，总是要耍的嘛，我还不了解你嘛。"秦牧阳笑嘻嘻地说，那笑容依旧灿烂。

回家后拆开袋子，里面是一包太妃糖，一张旧旧的素描，画的是自己，还有一封信。

许愿：

对不起，是我食言了，我听懂了你的挽留，却没有留下来，因为我突然间才知道我妈得的是胃癌，我原以为她只是胃病，只是去治病，还会再回到这里。

其实我爸会突然回来是因为我妈，她的生命就剩几个月了，她不愿意做手术，一心想回到当初和我爸相恋的大草原结束生命。她的一生安静得像她对我和对我爸的爱一般。她要求我不恨我爸当初的离开，要求我在她生命的最后一段时光里一直笑着，我会做到的。

其实我早就拜倒在你的牛仔裤下了，当初就和唐欣说过了，与她在一起的那半年只是让她帮我补习功课，因为我想进你所在的班，就像初中时挑灯夜读想和你考同一所重点高中一样，却不想让你看到我那么"热衷于"学习的样子，从小到大我都是个不爱学习的孩子哦。只是后来我还是没考到你那个班。

以前在体育馆给你画的素描我都带走了，这张最丑的就留给你吧，免得你自恋，也免得破坏你在我心中的好形象，看我多为你考虑。

我的公主，一定要开开心心地生活，不然就对不起我千年不变的笑脸哦！我会想念你的！说不定哪天就回来看你啦。

这些糖果，做纪念吧，让你欠我点东西挺好的。

秦牧阳

那个春天到夏天，许愿一个人走在那条路上，看着太阳越来越毒辣，她的眼睛越来越干涩。她的身边突然多了一块空白，慌张与惶惑总是毫无预兆地袭来。所有关于秦牧阳的记忆开始在血液里蔓延，无休无止。

5月的时候，有一家人搬进了秦牧阳家原来住的房子里，新邻居搬来的那天小街热闹了几天，之后又归于平静了。每个人都寻着自己的方向活着，只是许愿的心里从此多了一个缺失，不知要等到哪一天才能被填充。

秋天来的时候许愿就上高三了，秦牧阳也快离开一年了。18岁生日那天，许愿一个人回到初中体育馆坐了整整一下午。

稀薄的阳光从体育馆的破天窗倾泻下来，斑驳的光影像所有失去光泽的日子，布满尘埃的笑容，交叠着，低声诉说着绵绵不绝的悲伤。

突然，许愿的手抚到了桌上的一小块刻痕，是一行歪扭的小字："许愿，你是我的公主！阳。"

那行模糊的小字在一小片光斑里依稀可辨，像记忆里秦牧阳的微笑。许愿的泪落下，溢满那些细小的沟壑。阳光打在她的脸上，明媚而温暖。

青青子衿

一

冬天总是毫无预兆地到来，阳光总是少得可怜，偶尔看见太阳慵懒地从图书馆大楼后面爬出来，子菁会觉得恍若梦幻。

手像过去的每个冬天一样，红肿着，难看的样子让子菁感到心慌，她总担心它们会不会一不小心就裂开很大的口子，露出鲜红的肉来。那会是怎样的恐怖呢？子菁记得上小学的时候班上有个男生的手在每个冬天都会裂出很深的口子，子菁每看到一次就吃不下饭。

已经是上午第二节课了，班里还是有很多人半睁着双眼，没有睡醒的样子。是的，怎么睡得够呢，这样寒冷的冬天，这样疲惫的心，这样等待梦想开花的悲伤岁月。

终于熬到下课了，一半的人立即趴倒在桌子上，似乎找到了一个依靠。

子菁还在为她的手担心，所以她没有心思睡觉，而是趁着这难得的十分钟拼命地搓揉自己的十根手指。她搓得十分认真，心里还带着一丝怨恨，恨这糟糕的冬天，恨自己不争气的手。

"同学们，我们班转来一位新同学，你们以后要多多关照他。"班主任的声音突然打破了教室的安静。那些埋在桌子上的头一下子都竖了起来。一是出于对班主任的害怕，那个40岁的女人正处在更年期，在整个高三年级是出了名的啰唆。二是出于对新同学的好奇，毕竟高三上了一半却要转学是件令人费解的事情。

"大家好，我叫金隽贤，我来自韩国首尔，以后请多多关照。"栗色的头发，白皙的皮肤，修长的身材，标准的普通话，这位少年使得这个沉默了许久的集体一下子变得热闹了。

女孩子们发出夸张的惊叹声，男生们饶有兴趣地看着局促的少年，似乎每个人都在等待发生一点什么，这个意外到来的韩国少年勾起了题海之外的许多幻想。

子菁仍然一丝不苟地搓着她的手，她想，也许明天它们就不会像现在这么难看了。她心里有着悲伤，似乎一切都是与她作对的，姐姐的一双手为什么总是纤细白皙，姐姐的头发从小就乌黑光亮，姐姐从小就如白天鹅一样美丽优雅，而自己似乎一开始就是丑小鸭的模样。就连黄越那样霸道的男生也知道给姐姐写情书，却不会多看自己一眼。

"你好，我可以坐你旁边吗？"少年礼貌的声音吓了子菁一跳，她抬起头不知所措地看着微笑的少年，然后轻轻点了一下头。林子菁的同桌因为神经衰弱而休学了，那个脸色总是很苍白的女孩，经常上课上到一半就偷偷地哭泣。

少年温和地说了声"谢谢"。

"林子菁，以后要多多帮助金隽贤同学啊，特别是他的英语和语文，那两门都是你的强项。"班主任吩咐任务似的说完就走了。

"林子衿？你们中国是否有句诗叫'青青子衿，悠悠我心'啊？很美呀！"金隽贤吃惊地看着子菁。

"哦，我是草字头的菁，不是衿。"子菁很茫然地解释着，然后把自己的名字写在纸上给他看，她不知道如何让一个韩国人一下子明白这两个字的区别，更无法给他讲清楚前鼻音和后鼻音的区别，而且她现在也不想说太多的话。

"中国的汉字很神奇呀！"金隽贤再次赞美道，子菁不知道该说些什么。她对韩国男生的印象不怎么样，那些无聊韩剧里的男生不是幼稚白痴型就是成熟呆板型，这就定位了她对韩国男生的形象。

上课了，金隽贤很认真地听讲，子菁依然在下面认真地搓她的手。黄越说她的手跟胡萝卜似的难看死了，原来她还不觉得什么，因为每年都这样，可是那天之后她突然觉得自己的手真的是无比难看。

二

子菁很清晰地记得黄越一家搬来时的情景。那个夏天一整条街的蝉都在树上唱，聒噪而永无休止。那天子菁跟姐姐子悦正坐在家门口舔冰棍儿，她们扎一样的羊角辫，束一样的粉红色缎带，穿一样的白色小吊带裙，妈妈喜欢把她的两个宝贝女儿打扮成一个样子。

黄越一家人就是在这个时候出现在这条街上的，黄越的爸爸妈妈一人拖着一只大皮箱，黄越背着一个军绿色的小书包，耷拉着脑袋跟在后面。可是当他经过子菁和子悦面前时却停下了脚步，死死地盯着她们手里的冰棍儿。

子菁便快速地把一根冰棍儿啃完了。子悦犹豫了一下就把自己的那根给了黄越。黄越毫不客气地接过了冰棍儿舔了起来，他的妈妈不停地对子菁姐妹说不好意思，然后吃力地去揪黄越的耳朵，子菁和子悦咯咯地笑，笑声像盛夏的阳光洒下的光斑一样，跳跃明快。

也就是从那天之后，黄越几乎每天都会站在子菁家门口大声喊着："林子悦、林子菁，我们出去玩儿吧。"黄越的声音总是能把树上的蝉镇住，让它们集体噤声半分钟。

他们三个在一起最常做的事就是高举着网兜捕树上的蝉，空中飞舞的蜻蜓，水边的蝴蝶。黄越总是能够想出各种办法戏弄他们的战利品，他会用一根细线捆住蝉粗粗的身体，另一端系在门框上，看着它拼命地挣扎着飞起又落下，发出撕心裂肺的叫声。黄越还会把蜻蜓的翅膀掐去半截，然后让张奶奶家的小猫咪去扑，自己站在一边笑得前俯后仰。然而，每次捕到的蝴蝶都是留给子菁和子悦的，黄越从不会去伤害它们。

似乎从那个时候起，黄越就充分暴露了他恶魔的本质。

可是这个恶魔却畏惧子悦，子悦总能治住他，也可能是因为那半只冰棍的力量吧。在子悦的威吓下，黄越永远都会让子菁三分。当黄越学会了骑单车的时候，每次载她们都是子菁坐前面，子悦坐后面，只因为子菁说黄越太高了，挡住了天空。

子菁从小就享受着公主的待遇，因为有子悦。有时候子菁会觉得子悦是上天派给她的守护神，总是会帮她兜着所有的过错，从来都不允许任何人伤害她。

三个人一起度过了天真无邪的童年时光，直到各自都长成了挺拔的少年，黄越似乎是在忽然之间就蹿得比子菁姐妹高了一个头，唯一不变的是他脸上的笑容，永远都快乐得没有任何负担。

子菁不知道自己是从什么时候开始，中了邪似的，一看到黄越就心跳得特别厉害。子菁开始在乎黄越说的每一句话，注意黄越每天穿什么样的衣服。

这些全都像这个季节里沉默的空气和植物一样，惧怕一不小心就破碎了，子菁把一切憋在心口，呼吸困难。

她无法告诉子悦，这些不是像过去一样的委屈，可以对子悦哭出来，它只像一个结，死死的，不知道要如何才能解开。

三

"子菁，我叫黄越载你回去吧，我待会儿要开班会，所以不跟你一起回家了。"姐姐匆匆忙忙说完这句话后就跟同学一起回教室了，她是班里的学习委员，所以总是很忙。

子菁忐忑不安地在车棚旁边等黄越，也不知道从什么时候开始，只要是单独跟黄越相处的时候，她都会紧张地想自己该以什么样的姿态面对他。

"林子菁，你在等人吗？"金隽贤突然从后面冒了出来，再次吓了子菁一跳。

"哦，我在等我姐姐。"子菁很自然地撒了谎，连她自己都觉得很奇怪。

"你姐姐？你姐姐也上高三吗？她怎么上得那么慢啊？"金隽贤表现出很吃惊的样子。

"我姐姐是复读生啊，就是上了两次高三。"子菁最不喜欢别人问这个问题了，真的很难解释。妈妈告诉她，姐姐从小身体就特别不好，经常生病，小学是推迟到跟自己一块儿上的，所以她们一直都上同一个年级，但是子悦一直都很努力。子菁从来都不愿意告诉别人姐姐身体不好，在她眼里姐姐是很健康的，像一朵美丽的向日葵。

"哦，这样啊。"金隽贤假装明白了似的点了点头，惹得子菁忍不住想笑。

"我姐姐来了，你快走吧，我怕她误会我早恋。"远远地看见黄越走过来了，子菁心慌地推了推金隽贤。

金隽贤看着子菁慌张的样子忍不住笑了起来，不过还是礼貌地走了。

"小丫头片子，那男生是谁啊？长得怎么像个韩国小白脸啊？"黄越奸笑着问子菁。

子菁的脸一下子就红了，不是因为金隽贤，而是因为黄越的笑和眼神。她开始怕这个和自己一块儿长大的男生，那种怕夹杂着不安和期盼。

"至于吗？我就问一下。"黄越不禁笑得更厉害了。

子菁有些生气地说："他是我们班转来的新同学，我现在的同桌，从韩国来的。"说着就大步往前走着，嘴巴噘得老高。

黄越大跨一步拉着她的手说："你个小丫头最近是怎么啦？怎么老是莫名其妙地生我的气呀？不就是给你姐写了封情书吗，又没有欺负你姐，她都说不跟我计较了，你还计较什么呀？我就是看那么多人追她就凑凑热闹罢了，怕她被人追走了，以后忙着约会没人管你了。你真是把我的好心当作驴肝肺呀。"

子菁的脑袋里嗡嗡作响，她不知道她最近为什么总对黄越有那么大的火气。她的手仍然肿得那么难看，黄越的成绩还是那么好，姐姐还是优秀得完美无瑕。只有自己，似乎每日都是灰头土脸的。

"这次我要坐后面，我要坐姐姐坐的位子。"子菁瞪了黄越一眼，莫名其妙地就丢出了这句话，然后跳上了黄越的单车。

子菁第一次知道，原来坐在后面是这么舒服。黄越的头发被风吹得老高，他宽大的背挡住了寒风对子菁的侵袭，子菁能够清晰地听见他急促的呼吸声。她在他的单车后面，心里生满了惆怅。

路旁的树像干瘦的老人，沉默着叹息，叹息它们最后的生命。灰色是路两旁的全部风景，冬天总是漫长得让人忍不住难过。似乎并非全部因为寒冷，还因为种子不能发芽，阳光总是太少，青春的脸上没有了明媚。还因为等待，对，等待，等待是一种无法言说的孤独，那么沉默那么隐秘的孤独。

子菁觉得自己心里现在就盛满了这样的孤独。

她不知道这种孤独是从什么时候起就在她心里疯长起来的，就像春天里的野草。

四

期末考试前的最后一次模拟考试结果出来了。

姐姐又是年级第一名,黄越第五名,而子菁的名字排在54名,比上次考试进步了两个名次。可是,这于她依然是一种难言的悲伤。姐姐和黄越都表扬了她,黄越还给她买了一包话梅作为奖励。子菁脸上挂满了微笑,心里却很难过。

金隽贤看完成绩之后很兴奋地对子菁说:"子菁,你帮我补习英语和语文吧,你考得好棒哦!"子菁的英语成绩是数学的三倍还不止,班主任曾经说她是个十足的"瘸子"。

子菁没有心情理睬他,她还在搓自己的手,它们没有丝毫瘦下来的迹象,可是子菁还是觉得它们也许在明天就能消肿了。

"子菁,你的手是冻伤的吗?给我看一下好吗?"金隽贤说着把头伸了过来,轻轻拿起子菁的手。子菁呆呆地看着少年栗色的头发和那温柔的眼神,能够清晰地感觉到他手心的温度,她的心慌乱得几乎窒息。

"我的中国爸爸告诉我,如果手被冻伤了就用白酒泡腊梅花搓手,每天都要搓,坚持一个星期就好了,并且以后都不会再冻伤了,你们中国人真幸福,我们那里就没有什么腊梅花。"金隽贤认真地对慌乱的女孩说,他丝毫没有觉察到她的紧张。

子菁的脸红了,她把头转向窗外,梧桐树上的叶子已经落光了。它们那么沉默,它们在等待春天。她在想,如果面前这样温柔的少年是黄越会怎样呢?她被自己的想法吓了一跳,心跳得更快了。

"子菁,我刚才问过你的,帮我补习英语和语文吧。"金隽贤用期待的眼神看着子菁。

子菁感到很意外,自己的成绩怎么能给人补习呢?连自己的考试都应付不过来了。

"每个人都有自己的强项和自己的弱项,就像每个人都有优点也都有缺点，所以你还是很棒的呀，你的英语成绩和语文成绩都很棒，并且你的综合也有很大的进步空间，我觉得每个人都要给自己一个规划，而不是站在原地观望，这些都是我的中国爸爸告诉我的，我很喜欢他。"金隽贤看着子菁叽里呱啦地说了一大堆，还特别认真的样子。

"我没有怎么样啊，我没觉得我在原地观望啊，我有很大的进步啊，我的数学又没考零分，至于让我不高兴吗？你干吗要安慰我啊？"子菁被他说得心里有点冒火，但是当她自己说出这些话的时候突然觉得心里舒服多了，忍不住调皮地笑了起来。

"子菁小姐是个骄傲的人哦，骄傲的姑娘，帮我补习英语和语文吧。"金隽贤再次提出了自己的请求。

"姑娘"，子菁心里闪过了一瞬间的甜蜜，这个称呼似乎太诗意，也许只有这个韩国少年会在这个时代如此认真地称一个女孩子为姑娘吧。

"嗯，可以，学费怎么算呢？"子菁答应了，但是她今天似乎故意要为难这个可爱的男生。

"以后我什么都听你的总可以了吧。"金隽贤摆出一副任听差遣的模样。

混沌沉闷的高三似乎突然之间明媚起来了，少年的微笑像稀薄的阳光一般洒进了子菁快要发霉的心里，温暖并不多，但是于她已经足够了。

五

"子菁，听子悦说你这次考试进步了两个名次对吧，一定要继续努力啊，我希望你们姐妹俩上大学也不分开。"父亲在饭桌上微笑着对子菁说，子菁明白这句话的含义，她的心再次莫名地沉重起来。

晚上的睡前复习两个人照样在一起，开一盏台灯，与题海作战。

"子菁，还有半年的时间，不要灰心，有不懂的题就问我，我感觉你上高三以后很少问我问题了。"子悦用期待的眼神看着这个突然之间变得无比倔强的妹妹，她了解她，毕竟是一起长大的，毕竟是相仿的年龄。她知道子菁的自尊心变强了，不再是以前那个总是愿意跟在她屁股后面对她佩服得五体投地的小女孩了，但是高考不是儿戏，她不得不为她担忧。

"嗯，姐，我知道。"子菁抬起头来，疲惫地笑了笑。

她不知道自己是怎么了，现在什么都不愿意跟姐姐讲了，甚至不愿意问姐姐自己不会做的数学题。她自己也困惑，这困惑如同每个冬天都会降临的寒冷一样，让她无所适从。

冬天的夜很快就变得深沉了，寒气从窗户的缝隙里渗进来了，带着凛冽的气息，子菁有些坚持不住了，她想马上就躺到被窝里去，但是她忍住了没对子悦讲。她知道子悦每天都要复习到十点钟的。

"子菁，我们睡吧，现在很冷了。"子悦温柔地摸了摸子菁的头。

子菁有一瞬间的恍然，这个动作是子悦最常用的亲昵方式，像母亲一样，其实母亲从来没有这样抚摸过自己的头。子菁的心里涌过一阵暖融融的气息，就像春天里的狗尾巴草拂过脸的感觉。

她觉得自己有点对不起姐姐，她对自己那样好，可是自己心里却莫名地竖了一堵墙，并且自己也不知道这是为什么。难道是因为那个霸道的黄越吗？子菁的心微微地颤了一下，赶紧脱衣服往床上钻。

"子菁，我想叫黄越给你补一下数学，他数学成绩比我好，我想问一下你的意见，如果你答应的话我明天就跟他讲一下。"躺上床的时候，子悦对子菁说。

子菁有些心虚，难道姐姐发现了自己的小心思吗？她应付着"嗯"了一声，心慌意乱地翻了个身。

"那我明天就跟他讲了啊。"子悦满意地说。

"可是，他喜欢欺负我啊，姐！"子菁这才反应过来，有些急了，赶紧抓住子悦的手委屈地说。

"傻丫头，有我嘞，他敢欺负你吗？如果他欺负你我就把他写的情书交给他爸。"子悦调皮地笑着说。子菁也忍不住笑了起来，心里终于松了一口气，姐姐提到了那封情书，这突然之间就让她觉得安心了。

六

子菁的生活变得忙碌起来了。

每天中午安排给金隽贤补习英语和语文，晚上回来以后去黄越家补习数学。她努力地把自己每天的时间都安排好，复习计划也在子悦的帮助下制订得有条不紊。

生活似乎一下子有了着落。

子菁不再每天为她冻伤的手而烦躁了，金隽贤真的给她带来了白酒泡的腊梅花，让她用来揉手。嫩黄色的腊梅花在玻璃瓶里依然是盛开的样子，每一个花瓣都温柔地飘动着，晶莹剔透，安静美好，就像这个冬天里突然而至的幸福，叫子菁的心里洒满了薄薄的阳光。

效果似乎并没有想象中的那么好，但是发热的时候也不再那么奇痒难受了。所以子菁偶尔也会偷着溜到教学楼的天台上去晒太阳，金隽贤总会陪在身边。他非常信守承诺，真的像个守护神一样，任凭子菁的差遣。

"林子菁，我感觉我大老远从韩国跑到中国来就是为了听你差遣的，你是不是觉得生活特别美好呀？"金隽贤经常满脸委屈地对子菁说。

子菁想，这个世界上总会有一个人永远都欠另一个人的。她看了看金隽贤，笑着说："你就当我是你遗落的公主嘛，现在终于找到了，所以你应该掏心掏肺地对我好，不能有半句怨言。"

金隽贤立马请了个安说："我愿意任听公主差遣，不会有半句怨言，因为我想做个真正的王子哦。"他伸出了他的手，阳光底下修长白皙的手指，在等待一个承诺。

子菁的脸刷地一下红了，眼前的少年眼里流光溢彩，充满期待。

如果是黄越说这句话呢？我会不会立刻就把手伸出来让他牵着？子菁再次被自己莫名其妙生出来的问题吓到了，她有些烦躁地扔下了金隽贤，自己一个人回到了教室。

"林子菁，你喜欢上了一个男孩，可是他并不知道，而且你也没打算让他知道，对吗？你知道吗，你现在就是一朵美丽的葵花。"金隽贤并没有生子菁的气，他只是沉默地递给了子菁一张纸条。

子菁迷惑地转过头来看着身边的少年，他的侧脸真的很好看，曲线柔和，眼睛明亮，阳光在他的鼻翼下投下了一小块阴影。他正低着头认真地修改英语试卷，自己昨天给他讲的那一张。

这个来自另一国度的少年让子菁开始想念春天了，有着明媚阳光的春天，脱去厚重的羽绒服，能听见花开的声音，一切都变得美好而干净。过完这个漫长的季节，将悲伤全部埋葬。

七

春天终于来了，世界一下子变得明朗了，子菁的手再也不红肿了。

那天子菁很兴奋地发现学校后面的草坪变绿了，她把金隽贤拉过去看，她的脸涨得通红，她说："金隽贤，我以后要每天都笑着，我不要难过了，因为世界如此美好。"

金隽贤看着这个神经质的中国姑娘,温柔地笑着。他说:"子菁,我们每个人都是一朵葵花,都在寻找自己的太阳,然后虔诚地仰望。我不知道去年那个寒冷的冬天里,是否有一轮太阳温暖过你,可是我知道,在那个寒冷的冬天里,我也找到了我的太阳,可是它没有发热,所以我很想温暖我的太阳。"

"你在念诗吗?还是这么绕口的诗?"子菁哈哈笑着,心里真的觉得很温暖。一切都该告一段落了,该做最后的冲刺了。

金隽贤好看的脸上也露出了笑容。他说:"子菁,我想上中国的大学哦。跟你一起上。"

子菁看着他,突然觉得好感动,她拿出那张纸条说:"这个,帮我解释一下啦。"

金隽贤一脸认真的表情:"每个人,不管他是谁,只要他心里有了喜欢的人就会变成一朵向日葵,每天都会朝着那个人的方向盛开。我的妈妈就是一朵很坚强的向日葵,她爱上了一个中国男人,所以她的花朵开到中国来了,现在我也变成了一朵向日葵,我喜欢上了一个中国姑娘,所以我的花也开到中国来了。"

金隽贤的向日葵理论逗得子菁哈哈大笑起来,笑得脸都红了。

"林子菁,我真的很喜欢你的名字,像一首诗一样哦,我的中国爸爸是专门研究《诗经》的。我在他那里学会了'青青子衿,悠悠我心'。"金隽贤说罢还一遍一遍地念着子菁的名字,真的像在念诗句一般。

子菁心里仿佛真的开出了一朵美丽的向日葵,明媚而温暖。

"姐,我不需要黄越给我补习数学了,他语言表达能力太差了,我还是想让你给我补习,好不好嘛?"晚上一起复习的时候子菁很认真地对子悦说。

子悦看着子菁故作委屈又很认真的脸,不由得笑了起来:"想通了,傻丫头?"

子菁搂着子悦的脖子傻傻地笑着。

"那么从现在开始,我们照常每天复习到十点钟才准上床睡觉,每天早晨你必须和我一起起床背英语单词,每次月考的试卷都要给我检查,好不好?"子悦故作严肃地说。

"好狠心的姐姐啊!不过我好爱你哦!"子菁的心里暖暖的。

6月马上就要来临了,梦想在少年们的心里即将开出灿烂的花朵,还有那些纯洁的时光,大概会在每个人的记忆里萌芽生长吧,永不老去。

下一个春天

他们一定会像温暖的向阳花般长大，再没有烦忧。

一

9月的阳城，空气里依然弥漫着咸咸的闷热，这股闷热被沉重的风推开，扩散开来，呼啦啦扑进每个人的怀里。这闷热能叫整颗心脏都烦躁不安起来。

爸爸又是一夜未归，他似乎并不知道女儿今天高中第一天开学，不知道女儿即将要就读的是阳城最优秀的重点高中——许多人都觊觎的森一高中。妈妈没有做早饭，一个人郁郁寡欢地坐在客厅里发呆，看来又是整夜没睡。黑眼圈和松垮的皮肤使得整个人看起来都显得苍老。

方暖朵自己收拾完书包，从冰箱里抓了一盒牛奶便出了门。

出门前她对妈妈说："妈，我去学校了。"妈妈抬头看了她一眼，并没有说什么。

方暖朵心里便莫名地生出一股烦闷来，原本计划的好心情一瞬间冷到了冰点，即使是再热烈的空气都无法叫它有温度。

大人的世界有太多变数，这些变数让方暖朵无力招架。

公交车慢悠悠地停靠在站牌边，像个八十岁的老太太，胖胖的身体行动起来总是不方便。一股强大的力量从身后袭来，方暖朵被人群推上了车，书包很快被压瘪了，不知道那张被自己小心翼翼保存好的录取通知书被挤成了什么样。

在人堆里不小心踩到了谁的脚，方暖朵迅速往旁边艰难地挪了挪身体，但依然有一个愤怒而尖厉的声音响了起来："谁这么不长眼睛啊，踩到我的脚了！我这鞋可是昨天新买的，就不能积点德吗？"

是一个40岁左右的打扮俗气的女人，脸上的胭脂快要赛过了嘴唇的红，一个字一个字像苍蝇一般从她的牙缝间飞出来，绕着方暖朵的耳朵嗡嗡嗡地飞。方暖朵的心脏突突突地越跳越快，这女人的架势让她感到害怕，但她还是小心翼翼地道歉："阿姨，对不起，实在不好意思……"

话还没说完，又一群苍蝇袭击过来，女人的眼珠子快要瞪出来了，眼白占去了眼睛的大半空间，她指着方暖朵的鼻子，愤怒地叫嚣："阿姨？你多大呀你叫我阿姨？你这个小妮子太没教养了，要叫姐姐的不知道啊！"

"姐姐，对不起……"

"对不起有用吗？我的新鞋子被你踩脏了，你说怎么办吧？"女人的嗓子又尖又细，像一根细细的小绳，把方暖朵的心脏勒得死死的，她无力招架。

身边的人有的在玩手机，有的在打电话，有的饶有兴致地看着这个窘迫的女孩和演话剧一般的女人。方暖朵咽了口唾沫，喉咙干涩，一句话也说不出来，鼻子里泛起一阵酸楚，眼泪潮水般往眼眶里涌。那一瞬间的无助把她逼向了一个狭窄的角落，坚硬而冰冷。

这时一个面容清秀的男生走了过来，把方暖朵拉到身后，然后微笑着对那女人说:"奶奶,不好意思,你的鞋脏了我妹妹的脚,鉴于你今天头脑不清醒,我懒得要你赔了。"

"什么?奶奶?你你你……你个小兔崽子,你……"女人因愤怒而声音颤抖着,舌头也开始打结了。

"不好意思,我们到站了,你保护好心脏。"男生依然微笑着说,车门一开便拉起方暖朵跳了下去。

阳光肆意地倾洒在大街上,所有花花绿绿的人群从四面八方涌来,又从四面八方离开。闷热的风裹挟着汗水的味道轻轻擦过鼻翼。男孩拉着方暖朵的手跑了很远的距离,他的手掌温暖宽厚,衬衫被风鼓起,像一个白色的气球。

方暖朵的眼泪终于夺眶而出,咸咸地顺着脸颊流进嘴里。

"喂,哭什么呀?跟那种神经病女人没什么好生气的。"男生停下来,双手撑在膝盖上,大口地喘着气,抬头看着方暖朵。他的额头上挂着一颗颗亮晶晶的汗珠,在阳光下色彩缤纷。

方暖朵一句话也说不出来,喉咙发紧。她忘了她哭的时候有多难看,她就那样站在阳光下,站在陌生男生的跟前,哭得稀里哗啦。似乎要把所有的委屈都哭出来。

但是,有些委屈怎么能够仅凭眼泪就通通消失呢?

这个世界上似乎所有不快乐的事情都会赶在一块儿,拥挤逼仄,非得把小小的柔软的心脏撑破了才罢休。

不知道哭了多久,身边麦当劳的人多了起来,陆陆续续地往里走。方暖朵这才意识到今天是开学第一天,她还要去报到处报名。

"对不起,谢谢你了,我要去学校报到了。"甩下这么一句,方暖朵转身奔向公交站,身后的男生大声喊着:"妞儿,你有蛀牙啊,别随便哭给别人看!"

他的声音被嘈杂的汽车鸣笛声盖了过去,方暖朵甚至连他的样子都没来得及看清。

二

森一高中果然是个藏龙卧虎、高手如云的地方。

从踏进校门的那一刻起,方暖朵就感觉到了巨大的压力。站在校门口用流利的英文和一位外教聊天的女孩把方暖朵镇住了,英语说得像普通话一样流转自如一直是方暖朵的梦想,可惜她天生没有语言天赋,英语口语交际能力极差,就连普通话交际能力都极差,更何况英语呢。

更让她震惊的是,下午上第一节课新同学做自我介绍时,方暖朵又看到了这个女孩。

女孩落落大方地走上讲台,口齿清晰地做自我介绍:"我叫周心怡,希望能和大家成为很好的朋友。"接着她用英文介绍了自己的爱好和其他,方暖朵只听懂了一小半,大概知道她擅长话剧表演,喜欢莎士比亚的戏剧,还会弹钢琴。

周心怡迅速成了班里男生们追捧,女生们羡慕嫉妒恨的对象。

方暖朵对她更多的是羡慕,原来世界上真有这么完美的女孩子,光芒闪耀如太阳一般,走到哪里都能聚焦所有人的目光。

"嗨,方暖朵,希望我们能做好朋友哦。"课间的时候周心怡主动到了方暖朵身边,她微笑的样子真好看。方暖朵有些受宠若惊地看着她精致如 SD 娃娃般的脸庞,她不曾想过这样完美的女生居然愿意和自己成为好朋友。

"嗯嗯,很高兴认识你!"方暖朵伸出右手,回报给她一个灿烂的笑容。

"我哥哥很喜欢你写的文章呢,她看过你发表在报刊上的所有文章,你给了他很多鼓励。我刚刚听到你自我介绍时就知道,你一定就是他喜欢的小才女方暖朵,因为再没有这样美丽的名字了。"周心怡的每一句话都说得温和真诚,看不出来是在奉承。

"叫你们笑话了,那些写得并不好,我一直觉得没能入得了谁的眼睛呢。"方暖朵不好意思地搓着手。

在父母争吵不休的那些日子里,她不知道该如何面对,便把自己关起来,写了许多零零散散的小文章,陆陆续续地投稿,渐渐地也发表了好些。但是都是些不起眼的小刊物,她并不觉得会有人关注,没想到却在这里被人问起,她不由得心里漫过一阵温暖的感动。

在周心怡这样完美的女生的夸奖下,方暖朵写一手好文章的消息迅速被同学们知道了,马上有人给她冠上了"方大才女"的称号。原本落寞的心似乎一下子找到了一个自信的支点,快要撬起整个明媚的天空了。

周心怡和方暖朵成了好朋友,两人手牵着手,一起做作业,一起买冰激凌吃,甜腻幸福的味道在舌尖儿上四散开来,把上午的晦气和难过都冲走了。

放学回家的路上,方暖朵想起来上午帮自己解气的男生,似乎忘了问他叫什么名字。

但是在大街上奔跑的片段却清晰地印在脑海里,她记得男生颀长的背影,温暖的手掌。

想起这些时,方暖朵心里不免有些许遗憾。怎么能忘了问他的名字呢?

三

放学回家时就看见爸爸坐在客厅里抽烟,房间里传来妈妈隐隐约约哭泣的声音。对于这些,方暖朵早已习惯了,但还是忍不住感到难过。

她想不明白既然两个人在一起过得不开心,为什么还要在一起呢?这就是爱吗?多么可笑的逻辑。

"爸,你跟妈妈离婚吧。你们不要把我当成负担,即使你们离婚了,我也一样爱你们。而且,我也相信你们还是会一样爱我,对不对?"方暖朵今天没有把自己关在房间里,她放下书包,异常冷静地对爸爸说。

爸爸抬起头来,满脸惊讶地看着方暖朵。他一时还无法明白,女儿为什么突然之间眼睛里多了少女不应该有的成熟。她在那么冷静地劝自己离婚。

"暖朵,我和你妈……已经没有爱情了。"爸爸像个犯错的孩子般对方暖朵说。

"可是,妈妈还很爱你,不是吗?"方暖朵看着爸爸手里明明灭灭的烟头说。

妈妈哭泣的声音大了起来,带着无限的悲楚和委屈。这哭声,方暖朵已经听了将近三年了,无休无止。她的耳朵又疼了起来,这疼痛也持续了将近三年。

那天晚上爸爸妈妈进行了一次长谈,对于谈话的内容,方暖朵无从知道。只是第二天爸爸就消失了,妈妈说他想出去散散心,过段时间就回来。妈妈还说,她会一直等他回来。方暖朵看着妈妈脸上少女般的期待和忧愁,心里没来由地泛起一阵酸涩。

这世界,总是有着太多的无可奈何吧。

第二天的语文课上,方暖朵对新生活的全部期待一瞬间便破灭了。

走进教室的语文老师就是在公交车上被自己踩到脚的女人。依然是脸上的胭脂红得赛过了嘴唇,依然是尖锐的声音。原来她叫楚惜人,真是浪费了这么一个诗情画意的好名字。方暖朵一整节课都深深地低着头,不敢看她的眼睛。

但仍然在劫难逃。

"方暖朵,请你来把这首诗朗诵一遍。"楚惜人尖着嗓子喊了方暖朵的名字,当她看到从座位上站起来的女孩时,眼珠子快要掉到地上了。大概她也不明白,这世界上怎么会有如此巧合的事情。

方暖朵认真地朗诵完,怯怯地看着她。楚惜人的脸上有了欣慰的笑容，看起来并不是那么讨人厌的样子。

然而下课的时候，楚惜人却叫方暖朵放学后去她的办公室。

终于还是要来找自己算账的，方暖朵想起那天楚惜人被男生气得发抖的样子，她的心脏就开始跳个不停。

放学后，周心怡陪着方暖朵去楚惜人的办公室，周心怡等在外面。

"暖朵啊，昨天在公交车上是我不好，你别在意啊。我昨天心情不好，我是个特别情绪化的人，希望你不要放在心上。"没想到楚惜人一开口就是道歉，方暖朵有些意外地看着她化妆化得不够精致的脸。

"还有……那个，你不要对同学们讲这件事哦。"楚惜人吞吞吐吐地说，"学校有个校刊，听说你文章写得不错，还发表了不少，以后校刊就由你来负责吧。"

"啊？"方暖朵有些不敢相信自己的耳朵，这就是楚惜人对自己的"报复"吗？

"好好做，我对你很有信心呢。"楚惜人微笑着看着方暖朵。

当周心怡听说楚惜人要把校刊交给方暖朵负责时，她差点抱着方暖朵跳了起来，"暖朵，楚惜人真有眼光，哈哈哈。校刊给你负责简直太合适了，以后我还可以跟着你混吃混喝呢。"

"嗯，你要帮我哦，我们一起努力做好。"方暖朵拉着周心怡的手说。

世界似乎一下子明朗起来了，夕阳的余晖把女孩们的头发染成了金色，光彩夺目。

四

11月了，街道两旁的梧桐树叶都掉光了，爸爸仍然没有回来。妈妈日日盼望着，身形也逐渐消瘦了。方暖朵始终都不太相信爸

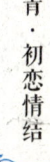

爸只是去散散心，她隐约觉得爸爸是打算就这么离开了，再也不回来了。妈妈只是自欺欺人罢了。

陪伴妈妈的时光变得黏稠而感伤，方暖朵不知道该如何安慰这个39岁的女人。对于爱情，她还有一颗少女般的心。

在周心怡的帮助下，校刊发展得很好，非常受同学和老师的欢迎。特别是方暖朵在校刊上连载的小说更是备受追捧。方暖朵和周心怡已经是森一高中尽人皆知的才女了，两人的友谊也令人羡慕不已。

方暖朵还是会时常想起那个在公交车上帮助过自己的男生，想起那天肆意流淌的阳光，像一条金色的河流，在15岁的生命里泛起白色的浪花，轻快而美好。

周心怡建议校刊可以跟学校广播站合作，校刊上的优秀作品可以成为广播材料，由播音员播出来，与更多人分享。两人很快与学校广播站的同学们取得了很好的联系，广播站也增加了一个《英语角》的栏目，播音员由周心怡担任，每天播报一些有趣的英语故事。

一切都是美好的样子，朝着自己希望的方向发展。

可是周心怡似乎也有了心事，她的眼角眉梢渐渐少了笑意，多了难掩的悲伤。

"暖朵，还记得我给你说过的我哥哥吗？"这天忙完广播站的工作时，周心怡突然问起暖朵。

"嗯，记得的，你说他喜欢我写的文章。"

"是呢。他以前也是森一高中的学生，但是去年他退学了。不然的话，他今年高中都已经毕业了，说不定，现在在上大学呢。"

"啊？为什么退学啊？"

"他有先天性心脏病，去年一次上体育课时，他发病了，不得不退学在家休养。"周心怡的神色黯然了，这些她从来没有对方暖朵提起过，她总是阳光灿烂的样子，方暖朵不曾想过她有这样悲伤的心事。

"心怡，他会好起来的。"方暖朵轻轻地抱住周心怡，她不知道该如何安慰自己最好的朋友。暖朵害怕面对悲伤的人，所有的悲伤都会让她感到不知所措。很多时候，她连自己都面对不了。

"他以前是森一高中广播站声音最好听的播音员，可惜现在没法来播音了。两个月前，他又发病了，现在渐渐地有所好转。他最喜欢做的事情就是播音，常常在家里朗诵诗歌和散文，用录音笔录下来放给我听。"周心怡的眼泪忍不住落了下来。

"心怡，我们明天带他来学校吧，让他当播音员，广播站的同学会同意的。"方暖朵懂得那种感觉，随时都有失去的可能，每天患得患失不知所措的惊慌。

"嗯，我也是这么想的。他喜欢你的名字，其实他是因为喜欢你的名字才喜欢你的文章的。他说你的名字让他感到安心，暖朵，就像温暖的花朵。所以，我想邀请你去我家看他，好吗？我害怕他随时都会消失。"周心怡恳切地看着暖朵的眼睛。

"嗯嗯，好好。"暖朵不住地点头。她的心又一次疼了起来。"暖朵，就像温暖的花朵"，这是小时候爸爸告诉自己的，爸爸说自己一定会像一朵温暖的向阳花般长大，没有烦忧。那时候的爸爸大概没有想到岁月能把所有美好的故事都洗得泛白吧。

五

在周心怡家里，方暖朵看到了坐在窗前的男生，他正在画板前画一株向日葵。金黄色的花瓣，饱蘸着阳光的颜色。似曾相识的背影让方暖朵忍不住捂住了嘴，她害怕自己会叫出声来，打扰了这位安静作画的少年。

"哥，我带我的好朋友方暖朵来看你了哦！"周心怡走到男生身边，温和地对他说。

男生放下画笔，转过身来，他眼里的惊喜分明在告诉方暖朵，他就是她一直在寻找的那个背影，那个风把白色衬衫鼓起的背影。

"原来你就是方暖朵啊，我叫周心然，我见过你哦！"男生微笑的样子果然和周心怡如出一辙。

"呵呵，我记得呢，开学时在公交车上。而且，那个被你骂的女人后来成了我的语文老师，其实她人挺好的，只是我那天倒霉，碰上她心情不好。她还让我负责校刊，我跟心怡合作得很棒哦！"暖朵生怕会冷场，紧张地说出一串话。

站在一旁的周心怡被两人说得云里雾里，好不容易弄明白了到底是怎么一回事时，又抱着方暖朵转起了圈，她兴奋地说："暖朵，上天注定我会和你成为好朋友的，缘分真是奇怪的东西。也不知道我和我哥上辈子擦破了多少件衣服才能在这辈子遇见你。"

那天下午，三个人聊得很开心。暖朵一直不敢看周心然的眼睛，她无法想象，如果这个少年有一天从这个世界上消失了该有多么遗憾，是不是所有的阳光都会黯然失色。

"暖朵，我现在越来越害怕，害怕他会突然消失掉。知道为什么我英语学得那么好吗？因为我想念完高中后出国学医，做最好的医生，我一定要治好哥哥的病。可是我好害怕他不等我长大就消失了。开学那天正好有个画展，我要去学校报到，没法陪他去，他自己去的，半路上犯病了，倒在大街上，那天我赶到医院时快要吓晕了。"送方暖朵出门时，周心怡突然转身抱住了她。周心怡的眼泪落下来，掉进了方暖朵的脖子里，从灼热到冰凉。

这是方暖朵第一次看到周心怡如此脆弱，她更加懂得消失是一件多么可怕的事情。妈妈也很害怕爸爸的消失吧，原来所有的爱都害怕没有着落。

她再次想起那个阳光肆意流淌的9月，熙熙攘攘的街头，拉着她的手奔跑的少年。她在他跟前哭泣，像个孩子一样。原来他有一颗那么脆弱的心脏，只是她很久以后才知道。

"心怡,你哥哥一定会等你长大的,他也一定会好起来的。我爸爸一定会回来的。"方暖朵抱紧了周心怡瘦弱的肩膀,努力地安慰她,也在安慰自己。

六

所有摇曳的生命,都像细碎的静默开放的花朵,簇拥着温暖着彼此。某一朵的凋谢都会显得整个春天的零落。

方暖朵似乎真的一下子长大了,她决定不再逃避爸爸妈妈的争吵,她在心里暗暗对自己说,且行且珍惜。在一起的时光多么不易,世界这么大,生命这么卑微,唯独她成了爸爸妈妈的女儿,就像唯独周心怡成了周心然的妹妹,骨肉相连。

她开始陪妈妈一起等爸爸回来,她开始像妈妈一样固执地相信,爸爸一定会回来,就像下一个春天即将临近一般。

第一场雪落下来的时候,爸爸真的回来了。

他黑了,瘦了,下巴上冒出了青色的胡茬儿。妈妈迎出去抱住他,眼泪一颗颗地掉下来,像断了线的珠子一般。爸爸任由妈妈在自己怀里哭泣,不管不顾漫天飞扬的雪花。方暖朵躲在房间里,透过窗玻璃,看着热恋般的爸爸妈妈,眼泪也落了下来。

原来这三个月里,爸爸把他当年和妈妈一起去过的地方都走了一遍,他知道妈妈依然深爱他,只是琐碎的生活磨光了他当初的热情。现在,他找回来了。

"暖朵,谢谢你理解我,包容我。"爸爸摸着方暖朵的头,方暖朵看到了妈妈脸上久违的笑容,这笑容让整个冬天都变得温暖了。妈妈是对的,爸爸一定会回来的,所有的等待都会有结果,上帝不会让爱没有着落。

可是,当春天来临时,周心怡要转学了。

原来周爸爸联系到了全国最优秀的心脏病医生,要带周心然去北京做手术。周心怡不想离开哥哥，坚持着要跟过去念书。

"不管哥哥这次手术怎么样，我都知道，他一定会等我长大的。我会成为最优秀的医生。"周心怡笑开了眉眼，方暖朵知道，她一定会成功的。

"妞儿，你有蛀牙哦，不要随便哭给别人看，会遭笑话的。"周心然对方暖朵说，洁白的牙齿贝壳一般，在阳光下熠熠生辉。方暖朵觉得这话好熟悉，似乎曾在哪里听到过。

"下一个春天，我们会成为最牛的校园三剑客的！"方暖朵嘴角上扬。

心里的阴云散去了，他们一定会像温暖的向阳花般长大，再没有烦忧。成长一直都是单行道，但是，一路上总有不断更换的美丽风景——且行且珍惜。

第五辑

蓝·怒放生命

爱的算术题

一

常小魏一个人走在大街上，他得走回去，回到他那个 8 平方米的小房子里，还有十几公里的路程。因为常小魏把身上所有的钱都花在了那份生日礼物上，一条铂金项链，3980 块钱，他两篇小说的稿费。顾晶晶终于露出了甜美的笑容，她搂着他的脖子，在他脸上狠狠地亲了一口，嘟着粉嫩的小嘴说："老公，我就知道你最爱我啦。"

这是他们两个星期以来的第一次见面，因为在这期间顾晶晶一直在跟他冷战。

一声刺耳的刹车声刮过常小魏的耳朵，接着就是一声咒骂："不想活啦！走路都不长眼睛啊？"

常小魏跳起来蹦到路边，黑色奔驰扬长而去，车主那声"不想活啦"还在刮着常小魏的耳朵，生疼。常小魏沮丧地坐在马路牙子上，他的眉毛已经拧成了一个死结，任谁都是解不开的。

这两个星期前的冷战是为什么呢？好像是因为顾晶晶去参加

了同学杨倩的生日聚会，杨倩的男朋友是开着宾利来接顾晶晶的，当时的顾晶晶正在给常小魏煮方便面，系着灰色的围裙，杨倩在窗外喊："顾晶晶，走啦！"

顾晶晶就在窗口招了一下手，杨倩笑得花枝乱颤："顾晶晶，你看你这样子，真像个家庭主妇，咯咯咯……"

顾晶晶当时脸刷地一下就白了，她看着杨倩那张妆容精致的脸和那辆红色宾利，鼻子就有些酸了。顾晶晶并不是一个势利的女孩，她只是一瞬间觉得自己过得有些太灰头土脸了。常小魏从窗口看着顾晶晶穿着那件打折时买的礼服坐着杨倩男朋友的宾利走了，他心里五味杂陈。

那天顾晶晶参加完聚会就直接回学校了，在这之后，直到今天都没有再来过常小魏的8平方米的小房子。常小魏每次给她打电话她要么不接，要么说很忙，在上课，在开班会。

常小魏知道顾晶晶有些生气了。所以当拿到稿费后他就立刻去买了那条铂金项链，当时走出商场时他身上只剩下300块钱了，他小心翼翼地用右手捂着兜里的那只精致的玫红色盒子，就像捂着他那份卑微的易碎的爱情。

常小魏说不清自己到底有多爱顾晶晶，他只是觉得他的生命里除了文字就只剩下顾晶晶了。而文字是他赖以生存的伴侣和工具，顾晶晶是他活着的理由。

他们已经在一起四年了，不长不短的时间，在他最灰暗的年华顾晶晶最明亮的青春里。顾晶晶上大学之前，一切似乎都很顺利。他给她写诗，每天放学后骑着单车载着她从城南到城北，他们一起舔着五毛钱的老冰棍儿，他给她买糖葫芦和棉花糖。那时候他也就一两个月收到一次稿费，每次都是三五百块钱的样子，但是他们富足而幸福。

他记得有一次他收到了一张800元的稿费单，他载着顾晶晶去邮局领钱，走出邮局的时候他们又蹦又跳，顾晶晶的小脸涨得通红，兴奋地喊着："常小魏，我们发财啦！"

他说："我们将来会有更多的钱，我会成为大作家，你就是作家太太，我给你买大大的房子，带落地窗的，你可以在阳台上种满花。"

顾晶晶高兴得直转圈，她说："还要给你准备一间大书房，我们还要生两个漂亮的小宝宝，最好是双胞胎，哦，最好是龙凤胎。"

他记得那天顾晶晶幸福的模样，就像一张画，在小镇的青石板路上摇曳着，在窄窄的弄巷里青春浓得散不开。他想，他一定要让她幸福。

9月深夜的寒冷将常小魏从回忆里拉了出来，他站起身，腿有些麻了，他踉跄着走了几步停下来拍着大腿。手机这时响了，是顾晶晶打来的，他按下接听键，顾晶晶抽泣的声音从电话的那头传来："小魏，对不起，我之前那样对你……"

"老婆，是我的错，我没有给你很好的生活。"常小魏的声音已经有些沙哑了。

"小魏，你到家了吗？"

"到了，早到了，都已经躺在床上了。宝贝儿，早点睡吧，我爱你。"

凌晨两点钟的街，安静得能听得见任何细微的声音，常小魏听到的是自己内心深处的孤独在尖叫，声音细密而悠长，就像一根细细的绳索，狠狠地勒住了心脏。这座城市如此庞大，庞大到他常常迷失方向。如果不是顾晶晶在这里上大学，他是不会来这里的吧，从小他就害怕人群。如果不是相依为命的奶奶在高三那年去世，他现在也许正和顾晶晶在同一所大学念书吧。

如果……这个世界上最苍白无力的就是"如果"这两个字了。

凌晨四点的时候，常小魏终于走到了那间小屋，他把自己疲惫的身体扔在床上，就像丢弃一袋垃圾一般，然后沉沉地闭上了眼睛。明天永远以模糊不清的姿态出现在他纷繁复杂的梦境里。

二

安若素最近喜欢上了一个人，他叫小禾。

小禾说，我们总是以最孤独的姿态站在人群里，假装不慌不忙。

小禾说，世界从来不会按照你想要的样子存在，你就是一只可怜虫。

小禾说，有没有看见，那些生病的人，苍白的心，故作姿态，彻夜狂欢。

小禾说，……

是的，小禾每天都在说，用他的文字，在他的博客上说，在他的小说里说。这些都与安若素无关，可是安若素总觉得这些话全部都是说给她听的，是小禾说给安若素听的。

他们在两个不同的城市，中间相隔了1299公里的距离，相隔了许多个大大小小的城市、小镇、村落。她从未与他见过面，甚至连照片也没见过，也许他还不知道她的存在，但是她喜欢他了。她给他寄明信片，寄CD，寄自己喜欢的书。但是她从未收到过一次回信，因为她从未留下过详细地址。

安若素知道小禾喜欢湖南臭豆腐，知道小禾喜欢听木马乐队的歌，知道小禾喜欢读沈从文的小说和散文，知道小禾有一个喜欢的姑娘，他们青梅竹马……

安若素从来没有了解一个人了解得如此详细，虽然这些了解都是从小禾的只言片语里猜出来的，也许这些只是小禾写小说的需要，也许这些只是小说主人翁的喜好，与小禾无关，但是安若素还是清晰地记在心里。她想，终有一天，她会遇见他，在人群里，在嘈杂的街头，在火车上，在某家便利店里……一定会遇见。

安若素是一家文艺杂志的特约编辑，23岁，长头发，冷漠淡然，走在人堆里普通得如同一粒尘埃。

安若素一开始并不是编辑，只是个爱好摄影的姑娘。杂志有个叫《格子时光》的栏目，征收带文字的图片稿件，安若素偶尔发些拍得好的照片写上几句话投稿。她的图片经常被采用，杂志主编对她拍摄的照片大为赞赏，便对她说，你来给我们做编辑吧，不用坐班，只要每个月完成任务就可以了。

安若素那时候正跟父亲闹翻，银行卡里的数字也越来越小了，于是答应了。

她每个星期会来杂志社一两次，处理稿件和图片，拿的工资不多，但是也够她生活。安若素是个没什么大追求的姑娘，除了工作上的事情之外，她不跟任何人交流，并不是清高，只是不善言辞。

杂志里经常可以看到一位叫小禾的作者写的文字，小说或者散文，清新中略带忧郁的情调，总是能毫无预兆地扼住她的心。那些文字构筑的画面，总能很清晰地跳跃进安若素的脑海。在安若素心里，那不是虚构的文字，而是真实的存在。这些文字总是让她想起记忆里的某个少年，遥远而模糊的影子，刻在时光里。

少年在安若素13岁时来过，然后停留在她的记忆里，时远时近。那时候安若素上初中二年级，坐在靠窗的位置，和所有那个年纪刚刚学会叛逆的女生一样，上课时塞上耳麦，两耳不闻课本事，一心只看漫画书。可是有一天窗外闪来一个身影，是安若素见过的隔壁班的男生。在每天的课间操时，他们都会见到彼此，只是从不说话。偶尔在狭窄的楼梯间会撞上，相互看一眼，然后迅速朝自己的方向跑开，从来没有过言语的交集。安若素迷惑地扯下耳麦看着少年，他说："把你的《拳皇》借给我看一天吧，我找了很久没有找到这一册。"

"哦，你拿去吧。"安若素递过书，少年接过书微笑着转身回了自己的教室。

还回来的书里夹着一张字条："安若素，我叫常小魏，我喜欢你。"

13岁的安若素，那天下午坐在靠窗的座位上，把脑袋埋进高高的书堆后面，心跳加速，两颊绯红，攥在手心的字条沾染了细密的汗水，有了温度。但那天之后，她再也没见过这个叫常小魏的男生，后来听说他转学了。14岁那年，安若素的生活里多了一个省略号。

关于爱情，安若素从来都没有过自己的看法。要说有，那也是不合逻辑的，她一直觉得爱情无非是两个人高兴了在一起，不高兴了换一个人在一起的游戏。当然，她也未曾尝试过去爱一个人。

父亲是这样跟她说的，对于你妈妈，我是负责任的。只是我们之间已经没有爱情了，现在我和另外一个女人产生了爱情，同样，你妈妈也可以跟另外一个男人产生爱情。就这么简单，所以你不要生气，不要觉得难以理解。虽然我跟你妈妈离婚了，但你还是我们的女儿，我们对你的爱不会减少分毫。

安若素看着父亲，她不知道该说些什么，这真的是一件很有道理的事情，没有任何可以作为生气的理由。毕竟，两个人如果不开心了为什么还要在一起呢？她问母亲，你跟我爸在一起幸福吗？

母亲说，在婚姻里幸福是两个人的事，如果两个人幸福的方式不一样，那么总会有一个人需要放弃自己的方式。

母亲说得很平静，这个画油画的45岁的女人在说这些话的时候，就如同在画布上着色时一样，周身被冷静而智慧的光芒笼罩着，看不出悲喜。这与安若素在电视、电影里看到的那些被抛弃的女人大相庭径，她甚至怀疑，父亲和母亲是从来没有相爱过的。

17岁的安若素被告知的爱情是一道算术题，1+2=3，如果希望1+？=4，那就得把2换成3。多简单呀，现在父亲觉得3不是幸福，觉得4才是幸福，所以父亲把母亲换掉了，而母亲也并没有觉得缺失，大概她只是觉得自己仅仅是被换了一个位置而已，她依然可以找到更适合自己的位置，比如有一天她会遇见5，得到一种叫作7的幸福。

当安若素发现自己喜欢上了一个叫小禾的作者时，她就在自己的笔记本上写下了这道算术题：安若素＋小禾＝幸福。

三

常小魏决定写一个长篇了，他认为自己必须认真地写一个长篇，不然这个城市会抛弃他，顾晶晶可能也会抛弃他。但是爱情是一件多么奢侈的事情，常小魏越来越感觉到累。

常小魏租的房子在城中村，这个小村叫幸福村。幸福村有各种小商店，卖各种廉价的劣质的生活用品。那些老板们每天都只有一种表情，茫然的，静止的表情。幸福村小饭店密集，四块钱就可以炒一盘家常豆腐类的小菜，用的是地沟油，但味道并不差。幸福村的原居民能走的都走了，不能走的就守着自己脚下的那一片土地等待拆迁，幻想有一天成为百万富翁。幸福村聚集着许多如同常小魏一般的青年，他们有的刚大学毕业，在附近的写字楼上班，有的闲在家里，像一只困兽。

这些小饭店里每天都有人聚在一起喝酒，哭或者笑。

其实，幸福村多像这城市的一块伤疤，丑陋的，疼痛的伤疤。

每周都有一辆白色的面包车从幸福村那唯一的一条拥挤的街道中穿过，标准的普通话，干净的嗓音从车顶的大喇叭里传出来："我们的未来一片光明，我们的城市需要崭新的面貌，我们的生活需要更科学更现代化的居住环境。谁也阻挡不了时代进步的步伐……"

说实话，常小魏一点都不讨厌这个声音，这个声音甚至让他感觉到了幸福村的幸福。这个声音比电视里看到的，那些在墙上画上一个血红的大叉，写上一个"拆"字的画面要美好许多倍。这个声音总是让常小魏觉得明天一切都会好起来，而此时，他会完全忘记自己蜗居的 8 平方米即将消失，他会忘记接下来去哪儿再觅得一处便宜住处的迷茫。

上午九点十三分，那个声音又响起来："我们的未来一片光明……"

常小魏掐灭烟头，挪到窗前，一辆白色的面包车缓缓开过，许多老人用目光护送它驶向路口。太阳被对面的创业大厦挡住了，冷光从大厦后面勉强钻出来，也没有把幸福村的街道照亮，小摊贩遗留的垃圾搔首弄姿地停在街道两边，等待着环卫大妈带它们去更远的地方。

当那辆白色的面包车消失的时候，常小魏突然感到一阵绝望。是的，绝望，这是一种很直接的情绪，能让一个人的所有力量瞬间被抽离的情绪。

"晶晶，你今天什么课？我想去看你。"他需要马上见到顾晶晶，需要看到她微笑的样子，需要听到她叽叽喳喳的声音，热烈而兴奋的声音。

"第四节是体育课，你掐着点过来，我提前跟老师请假。"

去顾晶晶的学校要坐一个小时的公交车，倒两趟。

大概因为是周二，上午十点钟的光景，所有公交车上只有寥寥几个人，常小魏依然坐在了最后排。以前每次坐公交他也总是坐最后排，顾晶晶跟他在一起的时候就坐靠窗的位置，不停地告诉他路边又有什么新奇的东西，比如有个乞丐摔倒了，很多人在围观。比如一个小孩的氢气球飞走了，她正在哭。比如哪家店的衣服在打折……

似乎顾晶晶很少感觉到累，她的眼睛总是那么忙，这个世界上有那么多的东西需要她看到，讲述，记住，传达。这是多么简单的快乐，常小魏总是羡慕顾晶晶的这些快乐，羡慕她那么容易就笑出声来。可是最近这段时间，她的话越来越少，她总是看着常小魏，什么话都说不出来，这让常小魏感到难过。

常小魏掐得很准，在第四节课的上课铃声响起来的时候他就站在了顾晶晶学校的田径场外。隔着铁丝网，他一眼就找到了顾晶晶，她正在和旁边的女生说着什么，脸上洋溢着温暖的笑容，把落在双颊上的阳光撑破了，散开来，一粒一粒的，洒落在绿色的塑胶操场上。

体育老师吹集合口哨了，顾晶晶站在最后一排，还在跟旁边的女生小声地讲着什么。顾晶晶还是原来的顾晶晶，永远有着讲不完的话，只是那些话她不再愿意对常小魏讲了。

后来常小魏才明白那个时候，他已经感觉到孤单了，那是一种失去的孤单。

这节课顾晶晶她们1500米测试，顾晶晶排在女生第三组，每组五个女孩子，她跑在最后面，且与她前面的那个女生隔了很远的距离。她昂起头，认真地跑，太阳所有的光点都在她身后跳跃，慌乱不安的跳跃。常小魏看着她的步子越来越慢，他多想上去拉起她的手跑到终点，也许那样会快一点，至少不会不及格。可是他的脚挪不动半寸，他仍然站在田径场外面，手指抠紧了铁丝网，呼吸变得急促。

这时有个男生在喊："顾晶晶，加油！你是好样的！"

随着一声哄笑，其他男生也附和着喊起来："顾晶晶，加油！"

班里的女生开始跺脚，她们的声音也清脆地响起："顾晶晶，加油！"

太阳开始摇晃，世界开始摇晃，那一片齐刷刷的声音把常小魏推得很远很远，顾晶晶开始变成了一个小小的点，小到他拉不紧，握不住。

顾晶晶终于到达终点了，她跪在塑胶跑道上，大口喘气，她

的脊背起伏，把周围的光晕搅乱了，散开又聚拢。两个女孩子扶起她，那个男生给她递了纸巾，又一阵起哄，欢笑，世界明亮。

"我下课了，你过来了吗？"顾晶晶的声音里还透着疲惫。

"嗯，过来了，在校门口等你。"

顾晶晶远远地走过来，脸色苍白。常小魏一阵心疼，他上前拥抱她，沉默不语。

"我们今天 1500 米测试，累死我了。"顾晶晶说。

"及格了吗？"常小魏把她的手放在自己手里，搓了搓。

"那当然，我可厉害呢！要不是突然肚子疼，肯定不止今天的成绩。"顾晶晶脸上扬起笑容。

"啊？还疼吗？带你去看医生吧。"常小魏紧张起来，刚刚顾晶晶跑步的那一幕还清晰地印在他的脑海里。

"不用，已经不疼了，估计大姨妈快来了，我们去吃红豆粥吧。"

"嗯。"

"常小魏，为什么你总是没有话跟我说，我总是有那么多话跟你讲，你却总是一言不发，要么就是嗯嗯啊啊，以前你不是这样的啊，上高中那会儿你就不是这样的。"顾晶晶突然委屈起来，眼眶一下子就红了。

常小魏不曾想过顾晶晶的悲伤比她的快乐来得更快，这让他不知所措。他扶着她的肩膀，言语慌乱道："晶晶，不是这样的，我……我不知道该说些什么，我……"

"你觉得我们俩在一起没意思了是吧，我不再认真读你的小说，不再为你的每一篇新作品而兴奋，所以你觉得我们俩在一起没意思了，是不是？"

"没有，不是……不是这样的，我从来没有这样想过，我……"

顾晶晶的眼泪开始滚落出来，她说："小魏，我觉得我们已经不在同一个世界了，你离我越来越远。我难过的时候，悲伤的时

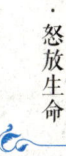

候，生病的时候，都够不着你。我开心的时候，被表扬的时候，需要鼓励的时候，也够不着你。我也不知道我怎么了，我突然觉得我的事情已经跟你无关了，我不敢打扰你，我怕打断你写小说，怕赶走了你的灵感。以前我不害怕这些，以前我觉得这些对你不重要，我才是对你最重要的。可是现在，不知道我为什么，我觉得这些其实一直都对你特别重要……"

常小魏把她拥进怀里，他不想再听她说下去了，他模糊地感觉他即将失去她，甚至已经失去她，在他还没有意识到的时候。

他写过那么多的人物，编过那么多的故事，可是在这一刻，他不知道该要如何向顾晶晶解释，她在他心里有多重要。

四

父亲打电话说："小若，不要生我的气了。我带你见一下梅阿姨吧，我们在一起两年了，你始终没见过。"

"不用了，爸爸，你幸福就好。"

"你梅阿姨特别想见见你，她是我们市摄影协会的副会长。她知道你喜欢摄影，看了你的作品，说你很有天分，想要见见你。"

"爸爸，这是大人骗小孩子的游戏，我们不玩儿了行吗？我已经20多岁了，早成年了。"

父亲叹息着说："小若，我们准备结婚了，希望得到你的祝福。你在我心里始终很重要，只是你从来都不知道。"

"是吗？"安若素问自己。

一个人在另一个人心里有多重要，到底要怎样才能知道？这个世界太拥挤，我们总是匆忙与每一个人擦肩而过，因为这拥挤让你来不及停留半刻钟，这拥挤让许多人就像一个影子一样，在某一个人的心里晃动了一下，然后迅速抽离。这晃动可以把一颗心脏震得地动山摇，这算不算重要呢？

那么小禾在自己心里呢？从未言语，从未见过，甚至都没有擦肩而过，可是依然地动山摇了。

爸爸，你知道吗，我曾经用过很多种方法，想要试探自己在你心里到底有多重要。我离家出走，我期待你会满世界地找我。我18岁生日的时候跟别的男生出去玩到很晚才回家，我期待你能朝我发脾气，大声吼我。我不去参加你的生日派对，我期待你能一通一通地打电话喊我去……但是你都没有，你随我，什么都随我，仿佛我无足轻重。你也从不担心我会出事，你现在告诉我，我在你心里很重要，我会觉得可笑。

许久的沉默，安若素突然有些得意，她知道这个男人已经无话可说了。可是那得意里又掺杂着无以名状的悲伤和钝痛。

也许，一直以来，我的方式都是错误的。父亲的声音从电话那端传来，有着苍老的气息。我本以为，一个人是否重要，不是由别人说了算的，而是你的内心，你觉得自己有多重要。你18岁以后，我是很少管你，几乎你做出的决定我都没有怎么反对过。因为我觉得我的女儿已经长大了，有自己独立的判断能力，辨别能力，我相信你能做出正确的选择和决定。即使选择错了，决定错了，那也是必然会经历的。我没想到这些会让你觉得我不够在乎你。可是，你是我的女儿啊，我怎么会不在乎你。

多矫情，你居然也能说出这么矫情的话来。窗台上的仙人掌又长出了新的刺，在阳光里那么透明。安若素伸出食指摁上去，疼痛传来，食指渗出了红豆般的一滴血。原来这透明的刺也会这般尖锐。她不知道从什么时候起，她的言语变得冰冷而刻薄。

小若，我还是希望你能来。父亲叹息着挂断了电话。

安若素握着手机，茫然地看着那根扎破了她手指的新长出来的刺，窗外的梧桐树叶已经快要落光了，枝丫间的鸟巢裸露出来，已经不见有鸟雀飞来。

安若素买了去往C城的火车票，她突然想要见到小禾，她有许多话要对他讲，她感觉到孤单，无法言说的孤单。

硬座，售票员说12个小时，上午八点二十九分抵达。

12个小时，一天的一半，从太阳升起到落下的距离。

12个小时背后，是一个新鲜的城市，小禾的城市，她会与太阳一同抵达。

她把小禾的地址用圆珠笔抄在掌心，蓝色的，紧紧握住。

她没有带他的杂志，她不要叫他知道她是谁，她幻想着自己突然出现在他门外的情景，她会扮作送快递的，或者送报纸的，或者推销保险的。她会想办法停留片刻，站在他的门前，与他说几句话，最好他能笑一笑，她会记住他的笑容很久很久。

这一路上安若素都在幻想，这幻想如此丰满，就像真的发生了一样。她甚至突然笑起来，或心跳加速，继而安慰自己，这些还没发生，然后长嘘一口气，把右手放在心口，让自己闭上眼睛平静下来，然后再继续幻想下一个场景。

幻想让她忘了旅途的疲惫，忘了车厢里混浊的空气，当火车抵达C城时她甚至不敢相信12个小时居然过得这样快。

C城的阳光没有让她失望，C城没有小禾笔下那般嘈杂。出租车驶进了一条狭窄的街道，司机说，姑娘，到了。

安若素谢过司机，付了钱下车。她有些不敢相信自己现在已经站在小禾生活的地方了，他就在这条街道边的某一扇门后面，太阳的光挤进来，和安若素的笑容融在一起，再也化不开。

咚咚咚。

开门的男生一头乱发，睁着惺忪的睡眼，迷惑地问，请问你找谁？

安若素的目光在他脸上停留了三秒钟，有一瞬间的恍然，然后问，你是小禾吗？

男生脸上的表情有一瞬间的僵硬，转而冷冷地说，我不叫小禾，我叫常小魏。然后啪地一声关上了门。

那个名字闪电一般划过安若素的心脏，在她那颗小小的心脏里激起了惊涛骇浪。这是十年前隔壁班的男生夹在她的漫画书里的字条上的名字。那个干净的少年，纯白衬衫，若隐若现的笑容。

或许，这只是十年一梦罢了。

安若素回到了自己的城市，参加了父亲和梅阿姨的婚礼。那天是她第一次见到梅阿姨，果然是个精致漂亮的女人。同去的还有母亲，母亲自始至终都紧握着安若素的手，却没有说一句话。

五

长篇写完跟出版社签完合同后，常小魏决定离开C城了。

顾晶晶跟他分手了，毫无预兆，却又像是意料之中，她语气平静，宣判一般，依然美丽的样子，说，小魏，我和他在一起才能感觉到实实在在的幸福，你常常让我感到不知所措。

她指着站在她旁边的男生告诉常小魏，就是那个为她喊加油的男生。

常小魏没有愤怒，也没有象征性地给她祝福，他只是转身回了他8平方米的小房间，脑海里有许多个画面轰然崩塌，都是关于顾晶晶的。在这期间有一个女孩出现在他的门前，她问，你是小禾吗？

小禾已经死了，那个带着梦想来C城的小禾已经死了。现在的这个，是狼狈不堪的常小魏，写谄媚的小说，被爱情抛弃的常小魏。13岁时他第一次跟喜欢的女生表白，13岁时爸爸妈妈在一场激烈的争吵中误杀对方，他跟随奶奶去了奶奶所在的小镇生活。13岁时家庭的变故使得他不言不语，逃避身边的一切。常小魏的13岁是灰暗而疼痛的。直到那个叫顾晶晶的女孩出现，她带着明媚的笑容，春天一般出现在常小魏的世界里，陌生而熟悉。

但是，他终于还是失去她了。这大概就是宿命吧。

C城，并不是黑暗散去光明重归的城市。常小魏离开那天，那个好听的声音再次响起："我们的未来一片光明……"

　　那个叫幸福的小村仍然没有被拆掉，像伤疤一样，驻扎在城市的心脏里。

　　旅行的途中，他突然想起曾经给他寄CD，寄明信片的人，似乎一直没有留下过详细地址。常小魏按邮戳地址找到了寄件人所在的小城。原来这是自己常常发表小说的那家杂志所在的小城。

　　小城安静而美丽，路边的街灯上挂着棕榈皮编织的小花篮，里面种着兰花和三色堇。

　　"请等等，你是常小魏吗？"似曾听过的声音，漫过阳光和云朵，落在常小魏的耳朵里，荡起一圈涟漪。

　　常小魏转过身，看着眼前的女孩，一年前的某个清晨，她出现在他那间破旧的小单间门口，被他冷漠地关在门外。她那双眼睛，有熟悉的光芒，有始终散不开的迷雾，那是十年前坐在隔壁班靠窗位置的女孩的眼睛，是在他遇到顾晶晶之前最让他莫名心疼的眼睛。他的鼻子突然有些发酸，他问："你是安若素吗？"

　　十年对于一个人的生命，也许只是一隅。十年对于一段青春，却是全部。

尾声·爱的算术题

　　安若素坐在小城的中心广场上给常小魏讲那道爱的算术题。

　　爸爸＋妈妈＝幸福。可是有一天爸爸觉得把妈妈换成梅阿姨才等于幸福，那么这道算术题就变成了爸爸＋梅阿姨＝幸福。而妈妈需要在爸爸的位置换上一个人，也能获得幸福。

　　常小魏说，可是那个空缺的位置也许一辈子都找不到一个合适的人来填补呢。

　　安若素沉默了，她知道关于幸福，从来都没有完美的公式。

我们的旧时光已悄悄走远

晴薇坐在书店靠窗的书架下看我的新书《青·时》。

初夏的阳光从玻璃窗里照进来，轻轻浅浅地落在她脸上。看得见她脸庞上的细小绒毛，与阳光亲吻，形成一层薄薄的暖色光晕。她的蓝色校服裹着她纤细的年轻身体，真像一朵漂亮的百合。

大学毕业后我没有去找工作，而是靠这些年写作的钱盘下了这家上高中时自己最喜欢的小小书店。

书店的老板居然还记得我，絮絮叨叨地跟我说了大半天话，大意是现在看书的孩子少了，书店的生意不好做，也说起这些年来惨淡经营的辛酸，我便一口答应要盘下这书店。老板很是开心，书架之类的设备都低价转给我了。

七年前，我便是在这里遇见陈蓝青的。

那是开学的第一天，看着学校报到处排着老长的队，我便躲进了学校对面的这家书店，想着等报到处人少了再去报名。可是当我在书店看完半本小说再去学校报到时，却发现我的录取通知书不见了。

那是全市的重点中学，许多孩子挤破了脑袋往里钻，许多家长一掷千金把自己的孩子往里送。初中三年我埋头苦读换来的那张通知书却在开学第一天弄丢了，那是一种怎样的惶恐和难过啊！

我就那样站在陌生的人群里哭了出来。南方小城9月的太阳依然毒辣，我的眼泪带着灼热和酸涩呼啦啦地从嘴角流进嘴里，却无知无觉。别人也许无法知晓这个女孩为何这样旁若无人地哭泣，就像别人也无法知晓这个女孩为何是独自一人来报道一样。

陈蓝青就是在这个时候出现的，他把一张纸巾递到我跟前，然后拉着我到学校旁边的冷饮店里，给我要了一份冰激凌。

我却仍然没有要停下来的意思，因为我完全不知道该怎么办。那时从小镇走出来的15岁女孩又笨又呆，经历了太多的失去，一瞬间万念俱灰，觉得所有的努力都是白费了。

"你再不停下来这冰激凌也跟着你一起哭了，多难看。"陈蓝青说这句话的时候饶有兴致地看着我微笑。我停止了哭泣，抬起头来，我发誓那是我见过的最好看的男生的微笑，像风吹过的湖面一般，轻轻浅浅的微笑，却是那么暖。

再后来，陈蓝青带着我回到书店，在书店老板那里找到了我的录取通知书，原来是我在看书时掉在了书架下。我被陈蓝青拉着再次回学校去报名，他在路上问我："你就是那个以第一名的成绩考进来的洛小芊啊？"

我不好意思地微微点头。他马上告诉我："我叫陈蓝青，是静默温和的意思呢。"

静默温和。我暗自记住了这个词，也暗自记住了这个名字。那日的风一下子变得清凉起来，只因为身边的男生。

"表姐，想什么呢？"晴薇不知道是什么时候蹦到了我的跟前，把我从回忆里拉了出来。

"死丫头，是要吓死我呀！"我瞪着眼睛看她，"都是快要上

大学的人了，还穿着高中时的校服，不嫌丢人呀？"

"哎呀，我以后再也不能穿了，就穿这一个暑假嘛。还真有些舍不得高中毕业。"她的嘴巴嘟起来，脸上还有婴儿肥，那么可爱的小女孩模样，怎么就18岁了呢？时间真是过得太快了。

"美好的新生活就要开始了，积极乐观一点。"我安慰她，但当时的我，何尝不是这般留恋呢。

"表姐，告诉你一个秘密哦。"晴薇的大眼睛眨巴起来，神秘兮兮地说，"我前段时间跟爸爸去上海玩时认识了一个男生，我好喜欢他。"

"是到了该谈恋爱的时候了，不过在没有完全了解他之前，别太投入了。"我拍了拍她的头，把整个人陷进沙发里。从什么时候开始，我已经对爱情设防了？

晴薇开心地点头，然后回家了，顺便携走了那本她看到一半的《青·时》。

二

我把书店重新休整了一番，换了紫色的店牌，店名改成了"蓝若倾城"。又在每个书架下面设置了矮凳子，可以供学生们坐下来看书。后面的库房被我开辟了一小片天地作为茶水间，装修得古色古香，还有供顾客免费借阅的杂志。

这家店原来的老板为了迎合学校，由最初的以文学社科类书籍为主转变成后来的以教辅资料为主。我又把主营的书籍变回了文学社科心理类。

书店的生意出人意料地好了起来。那些年轻的孩子们，每天放学后都会在这里停留一小段时光。我喜欢看到他们坐在书架下安静看书的样子，纯净的脸上有或悲或喜的细微变化，全是因为书里的内容。

我的《青·时》就摆在一进门新书推荐的书架上。

那里总会有人逗留，《青·时》卖得很好。遇到活泼健谈的学生与我聊熟了，我会送他们一两本。

这样的场景曾是我和陈蓝青共同幻想过的。

开学第一天的"悲惨遭遇"让我们成了很好的朋友，他的数学成绩很好，而我的语文常常是年级第一名，因为我的作文有许多次是拿满分。

我们的第一大爱好是一起在图书馆做作业，他给我讲解我不会的数学题，我对他超级烂的语文成绩表示各种鄙视。我们的第二大爱好便是泡在这家书店里，各自找一本自己喜欢的书，在墙角找个地方坐下来慢慢读。

妈妈独自带我很辛苦，我从不问她要太多的生活费。每个月最多只能买一到两本书，其余的书，我都是在书店里啃完的。

我不知道陈蓝青为什么要跟我一样躲在书店里啃，他看起来就像有钱人家的孩子。还记得他有一双耐克的球鞋，我在橱窗里见过，标价六百多，那是我高中时一个月的生活费了。

有一次我对他说："将来我一定要开一家书店，看谁顺眼就送书给谁，所以你一定要从现在开始讨好我。"

他笑起来，说："我将来也要开一家书店，书店里要有专门供人坐下来看书的凳子，还要有专门的茶水间，可以坐下来喝咖啡，分享一下看过的好书。我将来的书店比你的高级多了，你还是先来讨好我吧。"

我们就这样笑啊闹啊，枯燥的高中生活也变得轻松起来。

可是此时此刻，我已经实现了我们的梦想，虽然还不够完美，不够漂亮，可是陈蓝青，你却在哪里呢？你还记得那个叫洛小芊的倔强女生吗？你还记得，你与她有过一个共同的梦想吗？

晴薇还是会常常来店里，用她的话说，以后去上海上大学了，回来的时间少了，看免费书的机会也少了，要趁现在好好享受享受。可是我知道，她还是留恋这里的时光。

"表姐，我已经有男朋友了。"晴薇红着脸告诉我这个消息时，我正踮着脚分拣被学生放乱了的书，差点掉下来砸了自己的脑袋。

"就是你上次提到过的在上海遇见的那个男生吗？你们……进展也太快了吧？"

"其实……他是我的学长呢，只是比我早几年毕业罢了。我觉得这就是缘分，上海那么大，我为什么没遇上别人，偏偏遇见他？所以，我一定要抓住机会。"

"亲爱的，你会比我幸福的。"我轻轻地抱住晴薇，在她耳边说。

我又想起当时我很喜欢的一首歌里的歌词"世界太大还是遇见你，世界太小还是丢了你"。是的，她比我幸福。她在高考后遇见了自己喜欢的人，没有高考的压力，没有年幼的猜忌，没有老师的担忧、父母的阻拦，在对的时间对的地点，这便是莫大的幸福了。

"表姐，你也会找到自己的幸福的。就像你的书里写的那种幸福，满满的，不带一丝修饰的幸福。"晴薇是这样善良的女孩子，说话总是那么好听。

她开学那天我没有去送她，送她的队伍很庞大，爸爸、妈妈、爷爷、奶奶，还有疼她的叔叔们。

三

9月末，夏天就那样耀武扬威了几天，便败下阵来。一场大雨过后，凉气便裹挟着挂不住枝的叶子从四面八方袭来。

不知是谁最先传出《青·时》的作者洛小芊就是"蓝若倾城"的店主，也就是他们所在的重点高中的曾经的大才女，听说当年她还和全校最有钱的男生陈蓝青谈过一场轰轰烈烈的恋爱。许多学生来找我要签名，要合影，打听当年的事情。在他们眼里，那是一个多么美好的故事。

可是他们的每一个问题都足以叫我心如刀绞。我们是如何失去彼此的呢？也或者，我们从来没有在一起过。

还记得陈蓝青说喜欢我是在我们上高二的时候。

我和陈蓝青始终保持着那样亲密的关系，但也仅仅限于好朋友，毕竟那是全市重点高中，而我又是那个永远备受瞩目的第一名。那时他已经在学校广播台做播音主持人了，我常常写一些词句优美的散文或诗歌，被他用好听的声音念出来。

那年暑假，我们作为重点高中重点班的学生，被要求留在学校里补课。大概是马上就要来临的高三给了人太多的压力，也大概是夏天太过燥热，每个人的心都是忐忑不安的。

七夕那天晚上，我们都在教室里上晚自习。七点五十三分，学校广播里响起了陈蓝青的声音："我叫陈蓝青，我喜欢洛小芊，我长大后会娶她，给她一辈子的幸福！"

整所学校为数不多的几个补习班一下子沸腾了，唯有我愣在座位上，呆若木鸡。

"洛小芊，你好幸福哎，陈蓝青喜欢你哎！"

"听说陈蓝青的爸爸妈妈从马来西亚回来了，你将来可是要嫁入豪门的哦。"

……

各种各样的声音铺天盖地而来，班主任应声赶到教室，跟着他进来的还有陈蓝青，咧着嘴对我微笑，还是那么好看的微笑。他若无其事地回到座位上，班主任居然什么都没说，只叫同学们安静自习，不要喧哗。

后来陈蓝青扔给我一个纸条："我刚才说的都是认真的哦，我将来会向全世界宣布的。"

我的脸早已烧得发烫，心跳几乎停止了。是的，我也喜欢陈蓝青，我说不清到底有多喜欢他，可是我心里还是感到如此不安。

那种不安,就像我开学时丢了录取通知书一般,总感觉自己即将失去一些什么。

陈蓝青第二天就没来学校了。他的靠窗空着的座位让我心里的不安化作了大片大片的乌云,化作了厚重的石头,压得我心里喘不过气来。

中午上英语课的时候,一个雍容漂亮的女人来到我们教室门口,她说她是陈蓝青的妈妈,点名要找我。她妆容精致的脸无法掩饰她眼里的憔悴和疲惫。她递给我一个厚厚的信封,对我说:"洛小芊,我们家蓝青小孩子脾气,他说的话你别当真。他以后不会再来见你了,他说你们家很穷,这些钱足够你上完高中,再念完大学,你以后就认真学习吧,也不要再联系他了。"

教室里所有人都竖起耳朵听我们的对话,更具体一点是在听陈蓝青的妈妈讲话,因为我除了眼泪落地的声音,再没发出任何其他声音。

一切都来得太突然,我毫无招架之力。

陈蓝青没有跟我告别,他就那么毫无预兆地消失了。我甚至一直以来都不知道他住在哪里,他家里是做什么的。"他说你们家很穷",原来他一直是这么看我的吧。难怪他会陪我在书店里蹭书看,难怪他每次买练习册都会买两册,然后谎称是不小心多拿了一本。一开始他就是在同情我可怜我吧,包括那句"我喜欢洛小芊"。不然他怎么会就这样消失掉,只让他妈妈拿钱来打发我?

这便是我和陈蓝青之间的全部了,并不算太美好,并不是那些年轻孩子们想象的那样浪漫而轰轰烈烈。

四

时光像一匹灰色的布幔,挡住了所有的漏洞。

我总是不知道我遗漏了一些什么,也自始至终没有想明白我与陈蓝青之间到底哪里出了差错。再后来，我转学离开了这所重点高中，走的那天没有一个人来送我，我这才意识到在这里除了陈蓝青，我居然一个朋友都没有。

"小芊姐姐，《青·时》这本书是你为当年的陈蓝青学长写的吧？你后来找到他了吗？"问我这个问题的是个略微有点胖的矮个子女生，她是我书店里的常客。

"嗯，算是吧。我没有找过他，他选择一声不响地离开肯定是有原因的。"我微笑着回答她，似乎她问的问题与我没有丝毫关系。我不知道我是如何做到如此冷静的，关于陈蓝青，我总能用一脸波澜不惊的表情向人昭示，我们已经没关系了。

晴薇每周都会挑一天给我打电话，报告她和那个男生的进展。小姑娘的悲喜都是那么直白，不高兴的时候抱着电话哭，高兴的时候抱着电话笑。她说那个男生比她大五岁，在复旦大学读研，读完研就留在上海工作两年，一直等她毕业。

这才是爱情的样子吧，如此丰富多彩。

而我与陈蓝青呢，似乎除了一起写作业、一起在书店看书的时光，并没有什么可回忆的，甚至连亲吻都没有过，牵手也都是在过马路的时候，自始至终都那么平淡无奇，除了那个七夕夜晚。可是因为这平淡无奇的时光，我没再让任何一个男生走进我心里。

已经11月了，我穿上了厚外套，每天抱着暖手袋缩在书店里，像一只准备冬眠的鼹鼠一般。天气变冷，生意也冷清了一些，我倒是落得清闲。

打破这平静的是高二时的班主任。

我惊讶于他还记得我，还能认出我。那天他来店里买书，结账时惊讶得张大了嘴巴，"你你你……你是洛小芊，对吗？"

我微笑着点头，那本书免费送他了，他再三推辞却也拗不过我。四年的时光过去了，他眼角多了几丝皱纹，眉宇间多了沧桑感。正好那天上午他没课，便坐下来与我聊了半天。最后话题却绕到了陈蓝青身上，他面带愧色地说："小芹啊，其实有件事我一直没告诉你……当时陈蓝青被诊断出身体里有肿瘤，他爸爸妈妈将他带去加拿大治疗，再之后便没了音信。当时不告诉你，是怕影响你学习，没想到你还是转学了。"

这话如同一枚重磅炸弹一般，把我好不容易修整得平静的世界瞬间摧毁了。

陈蓝青，这便是你悄无声息离开的原因吗？这便是你当年大声告白的原因吗？这便是你妈妈如此对我的原因吗？是你托了她来告别的吗？

直到班主任离开，我还没有缓过神儿来。我不知道那天自己是怎么过来的。这么多年，我一直在等陈蓝青来找我，我把我的世界变得狭隘而单调，把全部的位置都留给他。但也许，他早就不存在了吧。

"晴薇，你什么时候放寒假？我想你了。"一个星期后我给晴薇打电话，我第一次如此强烈地感觉到需要人陪伴，整颗心脏空空如也的感觉，真的很难受。

"我 12 月末就放假了，我还要带他来给你请安哦。"她的声音里充满了快乐的分子。

五

晴薇回来的那天我在店里挂上了"暂停营业"的牌子，一大早就起来准备食材。

连日来的消沉差不多将我所有的热情消耗殆尽，似乎就等着这一天的回光返照，我需要找个人抱着好好地大哭一场。偶尔想来，这么多年，除了晴薇，我似乎再无一个可以交心的人了。这个远房小表妹，她身上有着那么多与我相似的地方。

但我没想到开门的那一瞬间，居然看到了陈蓝青。

是的，没看错，牵着晴薇的手站在门口的男生是陈蓝青。那个我等了许多年的陈蓝青，那个给过我一段快乐时光又消失得无影无踪的陈蓝青，那个被高中班主任告知去加拿大治病了的陈蓝青，那个我全部青春的男主角——陈蓝青。

晴薇走上前来抱住我，嬉笑着告诉我："表姐，他就是我的男朋友，经济学高才生哦。"

我同样看到了陈蓝青脸上的惊讶和诧异，但只是一闪而过，旋即便是多年未变的温暖微笑，算是跟我打招呼。

"晴薇，你们俩先歇歇，我忘了买酱油，马上回来。"我把晴薇的行李拿到卧室，然后转身出了门。

身后传来晴薇的声音："蓝青，我表姐有点小迷糊，不要介意哦。不过她做的菜真的很好吃……"

外面下雪了，下得并不算大，纷纷扬扬，盐粒一般，从天空里飘下来，落在脸上立刻就化掉了。我的眼泪终于毫无防备地落了下来，汹涌如海。那是压抑了许多年的眼泪，终于找到了一个合适的出口，流得有些肆无忌惮。

我裹紧了围巾，一个人窝在街角，浑身失去了力气。上帝真的跟我开了个不大不小的玩笑，晴薇的幸福笑容在我的脑海里不断更迭。七年前的旧时光电影胶片一般在我脑海里晃晃悠悠，来来回回，总也停不下来。那个叫洛小芊的女孩，注定会失去一些东西吧，再努力也会失去的吧。

我跌跌撞撞地再次回去时，晴薇一脸担忧地对我说："表姐，你怎么出去那么久啊，害得我担心。"

我笑着摇头说没事，外面下雪了路不好走，然后钻进了厨房。

吃饭间隙陈蓝青一直很沉默，大多数时间是晴薇在兴奋地给他讲我有多优秀，给我讲他有多优秀。这个容易满足的小姑娘，此时一定很幸福吧。

吃过饭后晴薇就赶着回家，她妈妈已经盼了好几日了。

陈蓝青牵着她的手站在街边打车，由于下雪，来往的出租车很少，半天没有车停下来。陈蓝青便把外套脱下来披在晴薇肩头，然后细致地为她拂去落在发梢的雪花。那是一幅多温柔美好的画面，画里的主角是我生命里如此重要的两个人。我应该感到开心才对吧，可是眼泪还是悄无声息地落了下来。

我从未想过我与陈蓝青的再次相见会是如此场景。但也许在他的青春里，年少时须臾间的浅薄回忆又算得了什么呢，并不是一段主旋律。

我悄悄转身回到房间里。在这个故事里，我终于变成了局外人。

六

高中的学生们也都放寒假了，书店里没什么生意。我整理好所有的书架，拉上白色幔布，准备开始一段旅行。

写好了"暂停营业，春天回来"的牌子，刚刚挂上时，却听到身后熟悉的声音："小芊？"

是陈蓝青，他还记得这家书店，我深深地吸了一口气，摆出恰到好处的笑容转身，"唔，是你啊，你现在应该随晴薇叫我表姐了哦，虽然你比我大几天。"我假装平静讲出的玩笑话，却还是带着酸涩的味道，我看见他脸上一闪而过的尴尬。

"呵呵，我们……生分了。"

"嗯，是呢。毕竟在彼此的世界里消失了五年。"

"是……时间过得太快了。我们，一起喝杯咖啡吧。"他发出邀请。

我把他带到书店的茶水间，开了灯，趿拉着拖鞋去煮咖啡，他在外面翻看架子上的杂志，断断续续地跟我聊他这些年的际遇。大意是当年医院误诊，他以为他会离开这个世界，怕我难过没告诉我。爸爸妈妈带他去了加拿大，检查的结果却是那是一颗良性肿瘤。再后来，他回来找过我，但是我已经转学了。他随爸爸妈妈在上海念完高中，接着念大学，读研，遇见了晴薇。

故事如此简单，甚至毫无起伏，可是我还是忍不住哭了出来，眼泪落进咖啡里，加了几分苦涩。

"嗯，晴薇很喜欢你，你要好好待她。"我握着咖啡杯，好半天才说出这么一句话来，倒显得自己早已苍老了一般。

"嗯……晴薇送给了我一本《青·时》，我很喜欢。"他微笑。

"见笑了。"

我们之间便再也没了别的话题，后来聊了些什么我已不太记得，大多是围绕着晴薇的。

我终于明白，那些过往，再也回不去了。我多年以来的等待和耿耿于怀，原来都是没必要的，有些东西，终将不再有。

我把书店里的最后一本《青·时》的最后一页撕去了，塞进包里，开始了新的旅程。

那一页写着："献给我 LQ，我一直在等你。"

6

第六辑

灰·虚无之刀

盗梦之旅

一

阳光从窗外照进来，落在新来的女生脸上，明亮的样子。齐刘海下的眼睛大而充满灵气，还透着狡黠的光芒。

这灵气让男生萧逸感到无比熟悉，这似曾在哪里见过的灵气眼神让他不安起来。

"我叫宋清月，14岁，天蝎座。"这是她的自我介绍，很简单，但是声音很有穿透力，轻轻巧巧地在教室的墙壁上荡开，再跳进每个人的耳朵里。继而教室里响起热烈的表示欢迎的掌声，似乎新来的同学总能引起同学们的一阵兴奋，更何况这位新来的同学这么漂亮。

她坐了教室里的那个唯一的空位，第三排第二列。

萧逸坐在教室倒数第二排第九列靠窗的位置，他看着那个叫宋清月的女生走到那个落满灰尘的座位上坐了下来，他的心开始悬了起来，她会发现那个座位的秘密吗？萧逸不安地想。那个困扰了他两年的秘密又嚣张地跳进了他的脑海。

他开始懊悔自己为什么要跟物理老师赌气而换到倒数第二排的空位坐，他原本只是想在倒数第二排坐一个星期就换回去的，毕竟在这个班几乎所有的老师都是包容他的。唯独物理老师，他似乎总是看萧逸不顺眼。当然，萧逸看他也不顺眼。

课间的时候有许多女孩子围到了宋清月身边，她们叽叽喳喳地问着这位新同学各种问题。

"你原来在哪儿上学啊？"

"你爸爸妈妈做什么的呀？"

"你的发带好漂亮，在哪儿买的呀？"

"……"

宋清月微笑着回答这些问题，看不出一丁点儿不耐烦。女孩子的问题总是那么幼稚而可笑，她们还不时地发出碎碎的欢笑声，远远地灌进了萧逸的耳朵里。萧逸被那些声音搅得有些烦躁，便起身出了教室。

"嘿，听说新来的那个女生学习成绩非常好呢，还拿过市里奥数竞赛第一名。而且她一来就坐了你的座位哦，凶兆啊！你的第一名的宝座要小心啦！"一只胖乎乎的手从后面拍过来，落在萧逸的肩膀上，还伴随着小胖那戏谑的声音。萧逸笑了笑说："我从来都不会把一个女生放在眼里的，看这宋清月也不像是有爱因斯坦那般高智商的人。"

"果然是萧逸，不愧为我们男生的榜样。我们初三年级其他几个班历来第一名都是女生，就我们班是男生，哈哈哈。"小胖又忍不住兴奋起来，仿佛每次拿第一的都是他一样。

萧逸无心听小胖的夸奖，他现在一心想的是那张课桌上的秘密，会不会被这个新来的女生破解，她眼里的灵气让萧逸感到了危险的气息。

他想起两年前第一次在镜子里发现自己的眼睛的秘密时的情境。那天下了那年冬天的第一场雪，萧逸被关在房间里写检讨，冻僵的手指怎么也写不出一行工整的字。那个男人还在门外扯着嗓子骂:"你这个小王八蛋,脑袋里装的都是稻草吗?你看看隔壁的顾晓,每次都是第一名,你就不能好好学学人家啊,你把我的脸丢尽了!"

自从萧逸跟随妈妈来这个家以后,他的世界里就永远只有隔壁的顾晓。隔壁的顾晓又考第一名了,隔壁的顾晓天天在家安安静静地看书,隔壁的顾晓作文又得奖了……隔壁的顾晓像一个噩梦一般,把萧逸的生活搅得一团糟。

也就是在那一天,萧逸彻底崩溃了,他把拳头砸向了衣柜上的镜子。可是就在镜子破碎的那一瞬间,他看到了自己眼睛里跳跃的顾晓的影子。顾晓正在书桌前写一张数学试卷,顾晓的思维转得飞快,顾晓的额角渗出了细密的汗水……后来他才知道,原来自己在那一瞬间进入了顾晓的思维,或者梦境!

"丁零零"急促的上课铃声把萧逸从回忆里拉了出来,他慌忙跑向教室。走到教室门口的时候,萧逸忍不住朝新来的女生宋清月那边瞟了一眼。她正好也在看萧逸,嘴角挂着一抹诡秘的微笑。萧逸的心里不禁生出了一丝凉意。

二

好不容易等到放学的时候,萧逸磨磨蹭蹭故意留到最后才走。他一直在观察着宋清月,直到她的背影消失在校门口。

萧逸惧怕的是那个他保守了两年多的秘密在这所中学要被揭开了,这样的话他的第一名,老师的表扬,同学们的赞美,妈妈的骄傲一定会瞬间坍塌。这是市里的重点中学,全市一共有60多所小学,当时所有的人都想往这所学校挤,萧逸成了幸运者之一,但是也只有他自己知道当年的小考成绩并不是靠他自己的努力得来的。但是也是因为那次小考,萧逸的命运从此被改变了。

教室里的人终于都走光了，萧逸直奔宋清月的课桌，弯下身子，用手触摸底下的那一串凹凸不平的数字，那是他曾经小心翼翼地刻下的。还好，已经被磨平了许多，应该不会那么轻易就让人发现的，萧逸松了一口气。

就在他准备离开的时候，看到了课桌里露出来的一个黑色笔记本的一角。夜一般的黑色，带着神秘的诱惑牢牢地锁住了萧逸的目光，右手便鬼使神差般伸向了笔记本。

"萧逸，你还没回去呢？"宋清月充满穿透力的声音从教室后门传来，萧逸触电一般僵在那里："那个……我……"喉咙干涩得吐不出一句完整的话，笔记本"啪啦"一声掉在了地上。

"哦，你做清洁是吧，真是辛苦啦。"宋清月没事人一样微笑着。

"哦……是呢，轮到我了。"萧逸不知所措地撒着谎，眼角的余光扫了一眼教室门口的值日表，离得太远，什么都没看清。

"我的笔记本忘了拿，回来拿一下。我们一起走吧。"宋清月大方地走过来拾起地上的笔记本，对萧逸说，微笑着，没有任何异样。她笑起来时真好看，两只眼睛月亮一般。萧逸的脸早已红到了脖子根儿。

"唔，好呢。"萧逸硬着头皮跟着宋清月出了教室门。

"我原来在枫叶小学上的六年级，后来没考上这所高中，我姑父找关系把我转过来的。"宋清月自顾自地说着。

当听到"枫叶小学"这四个字时，萧逸的心猛然一惊——那也是他曾经上的小学！也就是说，宋清月曾经是他的小学校友，说不定在某次的全校批评大会上，宋清月还曾站在台下取笑过那时经常打架惹事而被批评的差生萧逸。

萧逸一路无话，他的心快要跳出来了，只盼着早点到分岔路口，好消失在宋清月的视线里。

他隐隐约约地感到宋清月是在试探他，可是宋清月为什么要试探他呢？难道宋清月跟顾晓有关系？或者……宋清月知道他的秘密？萧逸被自己的推理吓了一跳，一到分岔路口便迫不及待地跟宋清月告别了。

　　萧逸平静的中学生活因这个陌生女孩的到来而不再平静了。他努力避免和宋清月接触、交谈，那些都是危险的举动。表面看起来，萧逸还是那个品学兼优的萧逸，但是他的内心早已翻起了惊涛骇浪。

　　更令他不安的是，11月份的月考，三年级2班的第一名不是他，而是宋清月。并且萧逸落后宋清月30多分，宋清月不仅仅是三年级2班的第一名，也是全年级的第一名。班主任杨老师在课堂上激情豪迈地表扬了宋清月。

　　萧逸心里五味杂陈，这是两年以来，他唯一一次没有得班里的第一名。三年级2班的第一名永远是男生萧逸的神话已经被颠覆了。

　　"萧逸，哥们儿我押的是你呀，你让哥们儿我咋办？"小胖一脸委屈地看着萧逸。这家伙居然拿第一名这种事去跟人押宝。萧逸烦躁地说："有本事你自己拿第一呀！"撂下这句话后他便头也不回地跑出了教室。小胖无辜地看着他消失在教室门口转角处的背影说："我开玩笑的，你咋就这么输不起呢。"

　　谁都没有注意到，这时候教室里有人嘴角正挂着得意的微笑，笑得那么隐秘，那么不可察觉。

　　萧逸一个人坐在学校后面的小湖边，心里有些难受。他突然开始怀疑自己两年前的决定，似乎这个决定是错误的。它折磨自己两年多了，自己的成绩一直很好，可是却一直无法坦然。那个消失的男生顾晓现在又在哪里呢？也许自己真的因为那一次的自私而把他的生活全部毁了。

　　顾晓失踪的那天下午，萧逸躲在房间里没敢出来，他假装什么都不知道，其实他一直把耳朵贴在门上听外面的响动，顾晓的妈妈悲痛的哭喊声让他不知所措,但是他始终没有站出来。那天下午,萧逸不知道自己到底是勇敢地守住了秘密,还是懦弱地伤害了另一个家庭。

"萧逸,原来你在这儿啊。"是宋清月的声音,从身后传来,吓了萧逸一大跳。

萧逸没有回头,他想,你这是来嘲笑我这个输给你的骄傲的对手来了吗?或者考试成绩根本就是你做了手脚。

"不就是一次考试吗,没什么大不了的,我这次是超常发挥,下次也不一定有这运气,毕竟你的实力是所有老师和同学都看得到的。"宋清月的安慰让萧逸听起来是那么的刺耳。

但他仍然微笑道:"我不是为考试的事情,我是为自己曾经犯下的一个错误而难过。"话一出口他便后悔了,但是已经来不及了,宋清月正瞪着她那双漂亮的大眼睛专注地看着他呢。

但是还好,她没有继续问下去,只是淡然地说:"每个人都会犯错误的,自己能意识到并及时弥补就不错了。"

她身上透着的那股灵气,再一次让萧逸感到了危险的气息。夕阳的余晖一寸一寸地裹住了他们,萧逸突然很想告诉宋清月他的秘密,也许这样的秘密只有宋清月会相信,或者说这个秘密自己亲口说出来比被别人翻出来要光彩一点儿。他迫切地需要有人能倾听,他已经压抑得太久了。

但是,万一自己的推断错误,宋清月只是一个和全班同学一样的普通人呢?到嘴边的话又被萧逸吞了回去。

三

圣诞节那天,本来还算平静的教室被一声尖叫打破了。是林晓月,然后是顾贝贝,然后是黄娜,接着班里许多女生都开始惊叫着吵嚷起来。女孩子们以男生难以理解的夸张表情在传达着她们的惊喜，抑或是惊诧……

因为她们的课桌里躺着精美的圣诞礼物，且都是她们昨天晚上在心里祈祷期待过的礼物。

林晓月的脸涨得通红："这个八音盒，我想要很久了，居然……居然真的拥有啦！"

"是的，是的，我得到的这套安东尼的漫画我也祈祷好久了，就是没攒够钱买，居然成了我的圣诞礼物。"顾贝贝简直要哭了。所有的女生都开始讨论着，她们讨论得出的结论是，圣诞老人是真的存在的！这是一个多么幼稚的童话，但是这天早晨她们居然全都相信了。

教室里如煮开了的一锅沸水一般，所有人都兴奋了，男生们用不可思议的目光看着兴奋的女生们。早课无法进行了，就连平时刻苦认真的学习委员也不知所措地看着女孩们，嘴巴张得可以塞下一个鸡蛋。

这些神秘礼物的出现使得三年级2班的同学们觉得有必要认真地过一个圣诞节了。窗户玻璃上被班长喷上了可爱的圣诞树和圣诞老人，教室门上喷着"圣诞快乐"四个大字。女孩们的脸颊由于兴奋而变得红润，苹果一般，看起来真美好。她们尖叫着，拥抱着，仿佛这个节日是她们的，仿佛这个节日真的是关于幸福的，关于礼物的，关于愿望的。

许多男生也跟着起哄凑热闹，萧逸却没有心思融入其中。只有他明白这些礼物根本就不是圣诞老人送来的，而是……潜梦者！

因为作为一个潜梦者，他熟知潜梦者的超能力：进入别人的梦境或者潜意识，获得他们的愿望，然后制造所谓的神秘事件迷惑人心。可是，这个和自己一样，拥有潜梦超能力的人是谁呢？他一定是这个班里的同学，因为潜梦者只能进入熟悉人的梦境和潜意识。

萧逸被接下来闪进自己脑海里的名字吓了一跳——宋清月！

他忍不住抬头看向宋清月的座位，正撞上宋清月回头对他微笑的眼睛，大而明亮，并且还有得意的神色！

难道她真的是和自己一样拥有超能力的潜梦者？那么，那个秘密一定被她知道了！萧逸的心跳加快了，手心里渗出了细密的汗水。

萧逸的脑袋正嗡嗡作响。然后在所有人都兴奋异常时冲出了教室，冬天的寒气钻进了他的衣领，但他已经没有任何感觉了。这一切都变得讽刺而可笑，他终于明白为什么第一眼看到宋清月的时候就觉得熟悉，也终于在心里确定，宋清月真的和自己一样：会潜梦！

回忆再次开了闸门的水一般，铺天盖地席卷而来。

两年前，枫叶小学的萧逸还是个学习成绩非常差，令老师和父母都无比头疼的"问题学生"。他自卑而敏感，不主动与人交往，还常常打架生事。但是那天他发现了自己潜梦的超能力，他能进入隔壁男生顾晓的梦境和潜意识，获取他的思维。一开始只是因为好奇，他才频繁地进入顾晓的梦境。

但是渐渐地他发现自己居然可以利用顾晓的思维解开数学试卷上的一道道自己过去看都看不明白的题目，也是正因为如此，他才以让所有人都感到意外的优异成绩考取了这所市重点中学。但是令萧逸没有想到的是，考试后不久，顾晓因考试成绩不理想而离家出走了，始终未归。

萧逸一直在努力寻找顾晓，为了时刻提醒自己，他把这个秘密刻在了中学里的第一张坐过的课桌下面。他也曾告诉自己，想要等找到顾晓的时候一定告诉妈妈这个秘密。他也凭自己的努力在上中学后保持着成绩稳步上升。但是顾晓再也没有回来，萧逸后来屡次获得年级前三名，班里第一名的好成绩，各种赞美和羡慕汹涌而来，他便不再期待能找到顾晓，甚至希望顾晓永远不要再回来，永远不要有那个曾经让他感到自卑的隔壁男生。

可是，宋清月的出现，一切似乎都在朝着萧逸无法预知的方向前进：她坐了萧逸记下秘密的课桌，她的成绩很快超过了自己，她实现了班里女生们没有说出口的愿望。

接下来，也许她要做的就是告诉所有人：优等生萧逸在上小学时是个学习成绩超级差的问题少年，他只是潜入了隔壁同学的梦境和思维，才考取了现在的重点中学。

那个上午时间过得无比缓慢，那是萧逸上中学以来唯一的一次逃课。他不敢再回到教室，不敢面对老师和同学，更不敢看到宋清月——她有一双何其明亮的眼睛！萧逸隐隐约约地觉得这个秘密已经无人不知，无人不晓了。

四

"其实这个世界上最美好的事情不是获得所有人的认可和赞美，而是做最好的自己。"宋清月不知什么时候出现在了这里，似乎她总能准确地找到萧逸所在的位置。

萧逸回过头来，不知所措地看着眼前的女生，好看的眉眼，无可怀疑的神情，精灵一般。

"你全部都知道了？"萧逸的声音里满是挫败感。

"是的，这就是我转到这个学校的原因——找到你！"

"只因为我们是同类吗？"

"我才不愿意和你这种虚伪的人成为同类，我只是想找回我表哥，他叫顾晓。曾经是你的邻居，在枫叶小学也是你的同班同学。你潜入了他的思维，让他考得一塌糊涂，姑父把他关在房间里两天都不让他出来。他原来成绩那么好，承载了我姑姑和姑父的全部希望啊，你却给他们如此重的打击！"宋清月由愤怒变为悲伤，眼泪一颗接一颗地跌落下来，把萧逸的心烫得生疼。

"对不起……"萧逸的声音绵软无力，寒风一阵一阵地往他的领子里钻，真冷！

"对不起有用吗？你能想象他被关起来时的孤独吗？你不是也曾被你的继父关起来过吗？对了，你的继父就是现在的物理老师对吧？你也知道不被理解的滋味很难受啊，你也知道赌气啊！可是顾晓，一直都那么优秀，你却把他毁了！"宋清月尖利的声音划过空气，萧逸能听到细碎的声响。如果时间能倒转，他一定不会再做那么蠢的事情了。可是，一切都来不及了。

原来眼前的这个女生什么都知道，萧逸小心翼翼地保护的另一个秘密——物理老师是他的继父，居然也早就被宋清月知道了。

这时，宋清月扔给萧逸一个黑色笔记本，就是萧逸曾经在宋清月的课桌里看到的那个。

翻开笔记本，隽秀的小楷映入了萧逸的眼睛，那是顾晓的日记。

阴天多云

我没有想到自己居然会考得这么差，许多年的努力似乎都白费了。但是，突然觉得好轻松，大概是自己压抑太久了吧。

我一直羡慕的那个隔壁男生萧逸这次考得很好，全校第一。

曾经有许多次，我好希望自己能变成他那样，活得洒脱，只用做自己，而不需要事事听从爸爸妈妈，事事都被限制。

可是当我看到妈妈眼里的失望时，好难过好难过。

……

其实我知道，是他潜入了我的思维，而扰乱了我的神经。因为他和表妹一样，有潜梦的能力。

这个世界上总有那么一些人，总是活在别人的世界里，比如我，比如隔壁的男生萧逸。

……

原来，那个叫顾晓的男生并不是书呆子，而是洞悉一切的少年。

　　"对不起，我会努力找到他的，我会很努力的。"萧逸的喉咙干涩得难受，他没想到顾晓承受了那么大的痛苦。那年萧逸只知道考试完后顾晓就没出过门，他不知道顾晓是被关起来了。如果他知道，他一定不会就那样坐视不管的。

　　"这件事情，物理老师也有错，如果不是他当时每天拿顾晓和你比，不把你关起来，不让你自尊全无，也许一切都不会这样。"当宋清月说完这些话时，萧逸倒吸了一口凉气，他隐约地觉得宋清月是一个宣判者！

　　"你找不回顾晓了，但是你得还回原本属于他的思维！"宋清月直视着萧逸的眼睛，那双眼睛里有另一个男生的影子。

　　萧逸的意识越来越模糊，顾晓的影子在他的脑海里上蹿下跳，占据了全部的空间。

　　阳光温和地笼罩了安静的少年，女孩转身离开，嘴角有不易察觉的微笑。

五

　　"我们班最近流动性可真大呢。"

　　"是呀是呀，那个叫宋清月的漂亮女生居然拿了第一名就转学了，跟玩儿似的。"

　　"不过听说，新来的那个叫顾晓的男生成绩也很厉害哦，也不知道从哪所学校转来的。"

　　新来的男生顾晓坐了第三排第二列的空座位，女生宋清月曾经坐的那里。

　　萧逸手里翻着那本黑色日记本，在日记本的最后一页，有这样一句话："我会还原所有的真相，让时光停留在最美好的那一刻。"

天堂引路人

一

鹿良原本以为这是一份多么浪漫的差事，每天领着不同的人去往天堂，也为那些迷失的人们引路。

不过，现实并非如此，在目睹了太多生命的消逝后，他有些沮丧。

可是，作为一名刚刚入门的天堂引路人，他没有时间沮丧，因为全世界的每一个地方，每时每刻都有生命在消逝。你听，他手腕上的生命铃又响起来了。按照指示，这次的状况有点儿糟糕，有三个生命正在奔赴死亡。

他循着生命铃的指示，用最快的速度赶到三条街区以外的十字路口。

尖锐刺耳的刹车声划破了寂静的夜晚，一辆丰田轿车撞上了一辆大卡车。卡车歪向马路边，丰田轿车弹出了五米开外。

附近的人群聚集过来，很快，警车的鸣笛声响起，救护车也碾着哭泣和尖叫的声音赶了过来。鹿良无力地垂着手，他知道一切都无济于事了，酒驾的卡车司机侥幸保住了性命，丰田车主一家却要走向另一个方向，就像是早已写好的结局一般。

鹿良领着丰田车主夫妇单薄疲惫的灵魂朝天堂的方向走去，他们脸上挂着眼泪、遗憾，还有深深的担忧。他们不住地回头，看那辆燃起的汽车，眼神里写满了未尽的爱和绝望。

鹿良忽然想起，生命铃提示今晚他要为三个人引路，那么……

他回过头去，看见一个身形瘦弱的女孩，钻过嘈杂的人群，如一页被风吹起的纸片一般，朝十字路口旁边的大楼走去，她的脚踝在流血。那女孩的模样，与身边的这位已是灵魂的女子那么像……

鹿良看了看手腕上的生命铃，它在提示他，那个女孩的生命正在走向尾声。而她，将是他今晚的最后一项任务。

鹿良领着那对夫妇到达天堂门口后，迅速回到刚刚出事的十字路口。

人群渐渐散去，路面已经被清理，出事车辆早已被拖走，路灯的影子瘦长瘦长的。刚刚看完电影，在此路过的情侣正开心地讨论剧情——这一切看起来，好像什么都没发生一样。

那种无力感再次敲打着鹿良的心，一个生命的逝去对这个世界似乎毫无影响，可是对于有些人来说，却是无边的黑暗和深不见底的深渊。比如，此时正坐在十字路口旁那幢大厦顶楼边缘的女孩。

鹿良站在十字路口，风将他的黑袍鼓起，猎猎作响。他抬头看着那个女孩，星星在她头顶闪着清冷的光。她的发丝有些凌乱，脚踝的伤口还在流血，但身上似乎并没有受伤，看来在车祸的一瞬间，她被保护得很好。

女孩站了起来，张开双臂，如一只折了翅膀的大鸟一般，从大厦的顶楼坠落。

鹿良闭上眼睛，手腕上的生命铃停止了闪烁，他知道他今晚的最后一项任务即将结束。

二

夏末的阳光带着栀子花的香气，从轻薄的纱帘里飘进了这间米白色的房间。

客厅里传来煎蛋的香味，混杂着一丝消毒水的味道。林忆湘睁开眼睛，看着陌生的房间，有些不知所措。

这就是天堂吗？比想象中更温暖呢。她揉了揉太阳穴，用手支撑着酸疼的身体坐起来。这时，她才发现自己受伤的脚踝被白色的纱布缠裹得很是妥帖。原来，天堂还管包扎伤口呢，并且处理得不赖。

正思考间，一个穿白色棉布衬衫的少年走了进来，是很好看的少年，好看到闪闪发光的那种，是天使吗？林忆湘睁大眼睛打量着他，想看看他身后是否有翅膀。

少年手里拿着一盘煎蛋，放在小茶几上，正准备转身出去，抬头间却撞上了林忆湘那双如墨似漆的大眼睛，那双眼睛正看着自己。少年仿佛被吓到了一般，后退了两步，差点儿撞上身后的书架，好半天他才开口道："那个……你……你看得见我？"

"我看得见你呀。你穿着白衬衫，栗色头发，身高大概……大概一米八二左右，嗯……还有，长得……比较像男生……"林忆湘未曾想过，天使竟是这般模样，而且还有点儿痴傻，她忍不住问道："你是天使吗？"

少年脸上依然是惊恐的表情，继而低头看了看自己的手腕，似乎在寻找什么。可是他的手腕空空的，他有些失望地抬起头来，看着林忆湘，好半天才开口："我叫鹿良。"

鹿良从来没有想过，自己会作出那样的选择，会违背天堂引路人原则，阻止一个人的死亡。

可是，昨晚的一切发生得太快了，快到让鹿良来不及思考。女孩从顶楼坠落时，那模样有些熟悉。他闭上眼睛，想都没想，就用天堂引路人的力量，织了一个网。女孩在网的支撑下，轻轻落地，可是就在她落地的一瞬间，鹿良的网如肥皂泡一般破裂了。

他原本以为这并没有什么大不了的，他不过是因为一瞬间的同情心，让一次任务失败了而已。每天都有千千万万人的死去，他为那么多灵魂引路过，为什么就不可以出一点儿差错呢？

可是看着眼前的女孩，鹿良知道事情并没有自己想的那么简单。

三

林忆湘在得知自己并没有死去时，脸上闪过心有余悸的恐慌。毕竟还是13岁的女孩，对生的渴望远远比对死的执念更强烈。绝望时做出的选择，在清醒时再回想，觉得又害怕又傻。

像是冥冥中多了某种责任，鹿良像哥哥一般，帮林忆湘给学校打了请假的电话，然后联系到林忆湘的叔叔和婶婶，办理完了她父母的后事。林忆湘看着鹿良忙前忙后，她忽然觉得自己又有了家人。苍白的脸颊，在初晨的阳光下，泛起了少女的红润光泽。

大约一个月后，林忆湘回到了学校。

送她到校门口的那天早晨，看着女孩纤瘦单薄的背影，鹿良有些不放心，便又跟随到教室门口。林忆湘走进教室时，喧闹的同学们瞬间安静下来了，所有人的目光都投到她身上。

"我就说她会给人带来霉运吧，她的爸爸妈妈就是因为她而出的车祸。"有一个微小的声音钻进了鹿良的耳朵里。那声音很小，但林忆湘还是听到了。她的脸色刷地一下变得苍白，身体晃了晃，最后撑着课桌，坐到了座位上。

鹿良朝声音的源头看过去，是一个很漂亮的女孩子。

鹿良有些无法理解，这么好看的女孩怎么会说出这般冷漠刻薄的话。这般想着，他又朝女孩多看了两眼，忽然一种奇妙的感觉涌进了他心里——那女孩，竟有些熟悉。

为什么会这样？鹿良的脑袋开始疼起来。他无力地看了看手腕，生命铃依然没有踪迹。是来自天堂的惩罚吧，惩罚自己违背引路人的原则，不负责任地救了一个生命，让她孤独地活在这个世界上。所以自己失去了生命铃，失去了引路人的资格，只能这样透明地飘在世间。

鹿良想起自己刚来到天堂时，阿莎婆婆给他说过的话："千万不要轻易定夺生死，生命承载的东西太多了，你还没有强大到能承担它的重量。"

那时他不懂，他想，自己不过是一位刚刚被抹去生命记忆的初级天堂引路人，做好自己分内的事就好了，生死也并不是自己能定夺的。

此时，他有些迷茫了。

放学回家的路上，林忆湘用细如蚊子的声音说："金荷说得对，的确是我害死了爸爸妈妈……"鹿良才知道那个刻薄的女孩叫金荷。

"为什么要这样想？"鹿良有些不解。

"大概是从一年前开始，只要是我出现的地方，总会有不好的事情发生。"林忆湘的声音有些干涩，"班里准备了好久的舞蹈比赛，却在演出那天，舞蹈队队长的脚受伤了。原本信心满满的比赛，最后以失败告终。"

"全班同学去秋游，大家穿了最漂亮的衣服，准备了美味的便当。却在出发那天，司机告知车坏了……"

鹿良大概听明白了林忆湘的解释。这样的事情不断发生，班里叫金荷的女生说，这些倒霉事发生的时候，必然有林忆湘在场，林忆湘是个扫把星。流言不知不觉地开始在学校里流传开来，林

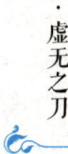

忆湘莫名其妙地变成了被孤立的人。

"我一直盼望着中考之后能离开这里，能结束这样的生活。可是前段时间，爸妈不知从哪里得知了我的状况，要去找老师理论，要给我转班……却在回来的路上……"林忆湘的声音变得沙哑，她用双手捂住脸庞，泪珠从指缝里滚落下来。

鹿良看着眼前的女孩，眼里满是悲伤。

四

夜里，林忆湘好不容易睡着后，鹿良悄然出门了。

穿过七拐八弯的街道，越过几幢高楼，鹿良停在一个位于17楼的阳台上。透过玻璃门，鹿良能看见坐在窗前的女生。此时她正戴着耳机，在一个本子上写着什么。

她叫金荷，是鹿良白天在林忆湘的教室里看到的女生。当时，在安静的教室里，她细微的声音依然尖锐刺耳。鹿良下午听完林忆湘的讲述后，心里有无数根细线绕成了一团。他总觉得林忆湘的厄运跟这个叫金荷的女生有关。

"小荷，出来吃饭了。"正想着，一个中年女人推门走进了房间。那女人形容憔悴，眼角有皱纹，按说应该才三十多岁，居然如此苍老。

"妈，你为什么不敲门就进来了！"金荷摘下耳机摔在桌上，站起身来，声音尖利地说。

"我刚刚敲了，可是你没听见……"女人想要解释，却被金荷打断了，她一边把母亲往外推，一边说："我说过了，以后不要叫我吃饭，我不想吃晚饭！"

"小荷，你不要这样，我已经失去小源了，我不能再失去你啊。你再这样封闭自己，我该怎么办，我该怎么生活！"女人的哭声悲怆得令人心头压抑。

金荷的眼泪夺眶而出，鹿良分明能感觉到那眼泪的重量。

他有些蒙，怎么也无法将眼前的女孩和白天那个刻薄的姑娘联系在一起。或许是自己依然不够了解这个世界吧。正准备转身离开时，忽然他瞥到了金荷桌上的一张合影，合影里的女孩是金荷，男生却有着与金荷一模一样的脸。

鹿良停住了脚步，他悄然走到金荷的书桌前，看了看那张照片，又看了看摊开在书桌上的金荷的日记。那上面清秀的字迹对鹿良来说，犹如雷击——

2014年12月29日

林忆湘回学校了，她看起来很难过。我能理解她的悲伤和难过，那样的痛苦在哥哥离开的时候，我也曾经历过。可是，我依然说了那么难听的话，依然无法面对她。

因为……只要看到她，就会想起哥哥，就会想起哥哥为救她而失去生命的那天。该怎样逃出这样的梦魇……

那么刻薄强硬的外表下，有着如此脆弱的心吗？她的哥哥，是照片上那个有着和自己一样面孔的少年吗？他又和被厄运羁绊的林忆湘有着怎样的关系呢？

鹿良第一次想要找回曾经的记忆了，关于活着时的记忆。

鹿良决定去问问阿莎婆婆，可是当他走到天堂门口时，却发现自己被一股无形的力量挡住，无法走进去。阿莎婆婆远远地看着他说："孩子啊，你弄丢了生命铃，无法回这里了。"

"婆婆，我会把生命铃找回来的。我只是想，只是想要找回前世的记忆……"鹿良沙哑着声音苦苦哀求。

"那记忆，是你接过天堂引路人的生命铃时自己放弃的，除了你自己，没人能帮你要回它。"阿莎婆婆慈爱地微笑着。她是天堂里的老居民，在这里生活了百余年，看过太多悲喜，有一颗剔透

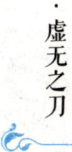

的心。鹿良很是敬重她，可此时，她也无法给自己答案。

五

回到家时，已是清晨。

林忆湘早早地起床了，她看着忽然从窗外进来的鹿良，睁着清澈如湖泊般的眼睛，问出了藏在心里很久的问题："你真的不是天使吗？为什么别人都看不见你，唯独我看得见你？"

鹿良走过去揉了揉她的头发，忽然觉得这个动作有些熟悉，便触电般抽开了手，回答："我是谁并不重要，重要的是，我改变了你的命运，所以要对这个命运负责。你要坚强勇敢地活着，为那在天堂里守望你的爸爸妈妈。"

林忆湘垂下眼眸："可是……我该如何面对？同学们真的很讨厌我。"

"找到讨厌你的根源，处理掉它，就能面对了。"鹿良边说边思考着昨晚所见的一切，便问："你和……你们班的金荷之间，是不是有什么误会？"

"没有吧。我跟她并不是很熟悉，她是在一年前转学到我们班的，同学们都很喜欢她，她身边总是围绕着很多好朋友，我们……也就是同班同学的关系吧，没有什么交集。"林忆湘回忆着。

"转学来的……"鹿良脑海里有一堆的疑问，"你知道她有一个哥哥吗？"

"不知道呢。你为什么问这个？"林忆湘一脸疑惑。

"没什么，你准备一下去上学吧！记得开心一点，你的爸爸妈妈在天堂看着你呢。"鹿良说完，起身去温牛奶。

他决定今天再去金荷家里看看，他总觉得那个叫金荷的女孩和林忆湘之间有着些许关系，而自己与金荷之间，似乎也有一些牵连。更奇怪的是，金荷桌上照片里的少年，为什么有着一张和自己一样的脸庞？

送林忆湘到达校门口后，鹿良就去了金荷家。

金荷的房间里没有人，金荷的妈妈坐在客厅里默默垂泪，她怀里抱着一张照片，鹿良知道照片上的男生是金荷的哥哥金源。在这个装潢精致却没有生气的家里，金荷妈妈悲伤的身影显得更为憔悴了。

鹿良从金荷的房间出来，去了金荷隔壁的房间。

从这个房间的风格来看，应该是一个男生的房间，这里的每一样物品都透露着熟悉的气息。鹿良被这样的气息压得几乎喘不过气来。房间的墙上挂着很多奖状，书架上摆满了奖杯。看得出来，这里曾经的主人非常优秀。

书架下面有一张被剪破的报纸，鹿良隐隐约约地看出，标题是"天才少年为救落水女孩献出年轻的生命"。

"天才少年""落水女孩"……许多破碎的画面在鹿良脑海里横冲直撞，就像被撕扯着的回忆，带着撕心裂肺的痛，拼凑出一张模糊的画面……

六

五岁夺得全市青少年钢琴比赛第一名，九岁夺得全国青少年英语演讲大赛第一名，同年被市重点中学录取，直接从小学四年级跳读至初中一年级，并在第二学期成绩一跃成为年级第一名，同时拿下市里的奥数竞赛一等奖。

在领奖台上，各种媒体的目光一起投向他，以"天才少年金源"为标题的新闻铺天盖地地汹涌而来。

妈妈辞去了工作，一心陪读，给他报的课外班越来越多，给他安排的比赛越来越多。爸爸为了让他有更好的发展，开始更努力地工作。原本就平凡的妹妹金荷，看他的眼神开始有了怨恨。

镁光灯下的他是顶着耀眼光环的天才，却没人知道深夜里的他是被赞美声和各种期待的眼神压得喘不过气来的可怜虫。

幼时的聪敏也许只是巧合或碰运气，但渐渐长大以后，他心里明白自己并不是什么天才，只是比别人用功更多而已。然而天才的帽子已经冠上，想要摘掉并非那么容易。发现这一点的并不只是他，还有始终陪在他身边的妈妈。

妈妈开始更严苛地要求他，因为如果一旦被媒体曝出自己的天才儿子也是泯然于众人的普通存在，那是件多丢人的事啊！

那样艰辛地过了五六年时光，高三来临的时候，所有人都觉得他能考取全国最优秀的大学，觉得他是可以不用努力就光芒闪耀。唯有他焦躁不安，妈妈比他更焦躁不安。就在高考的前一个月，最后一次模拟考试结束后，他来到这座城市最美丽的河边。

就让这一切都结束吧。

这是他最后的愿望。然而当他还没跃入奔腾不息的河流中时，他看见一个跟伙伴们玩闹的女孩不慎掉进了河里。几乎是本能一般，他跳了下去。女孩顺利得救，他沉入了河底。

即便是结束生命的那一瞬间，他也依然让妈妈感到骄傲。这就是天才少年金源的故事，也是鹿良记忆里的画面，是他下定决心要舍弃的画面。

因为那个叫金源的少年，便是曾经的鹿良。

七

就在鹿良的记忆逐渐复苏时，叫金荷的女孩回来了。她像是没有看见客厅里的妈妈一样，直接走到自己的房间，关上了门。

我今天看见林忆湘偷偷躲在卫生间里哭。她那么悲伤，那么无力地哭泣让我觉得好难过。我该怎么办？我觉得自己变成了一个坏人……

金荷开始写日记，这个心怀怨恨的女孩其实那么脆弱无助，鹿良远远地看着她，却无能为力。

这时，妈妈推门进来了。她手里拿着一张陈旧的纸。

"小荷，不要再为难林忆湘了，你哥哥的去世其实不怪她，一切错都在我……"妈妈的眼泪滴落在手里的那张纸上。

鹿良想起来了，那是自己在离开这个世界之前，写给家人的告别信，写满了抱歉的话，写满了寻不到出口的压抑，还有对家人的祝福。他原本以为没有人看到它。

"你哥哥……他是自己选择离去的，只是恰巧救了那个女孩。如果要怪，只能怪我的自私，我没有理解他的处境，甚至在他离开后隐瞒了他自杀的事实，默认了媒体给他的英雄称号。我是一个不称职的妈妈。"妈妈说着，看着照片里的金源，泪如雨下。

"原来是哥哥自己的意愿……"金荷转过身来，声音飘忽地说，眼泪也一颗颗地滚落下来。

窗外的夕阳红得像火一般，鹿良觉得眼睛有些疼。他模糊地感觉到身体开始变轻。金荷忽然站起身来，朝门外奔去。她毫无察觉地穿过鹿良的身体，鹿良觉得心里暖了一下，像一个触不可及的拥抱。

金荷去了林忆湘的家。

被怨恨和愧疚压抑的心啊，似乎终于找到了出口。

林忆湘打开门时，看到满脸泪水的金荷，被吓了一大跳。

"对不起！"这是金荷好不容易止住眼泪后说的第一句话。鹿良看见两个女孩拥在一起的背影，哀伤地睁着眼睛，却没有泪水流下来。他已经没有哭泣的能力了，天堂里的居民无法哭泣。

如果能流泪，该多好啊。

金荷给林忆湘看哥哥的照片时，林忆湘惊讶地张大了嘴：

"他……他就是那个天使!"

　　金荷不解地看着林忆湘,林忆湘指着照片里的金源说:"我见过他的,是他救了我。他还跟我问起你,他曾经去过你家里,曾经在你身边……"

　　林忆湘站起身来,四处寻找。可是她已经看不见鹿良了,因为鹿良越来越透明了。鹿良无力地低下头,却发现手腕上的生命铃不知何时回来了,闪烁着温暖的光芒。

　　"你真的回来过吗?哥哥……对不起,我知道你会看着我们的。我会和妈妈一起努力生活的!"金荷抱着相框,喃喃道。

　　生命铃又亮起了光芒,鹿良要为下一位天堂新居民引路了。

　　生命啊,像浩瀚星海里的星辰,看似渺小,但每一颗都有夺目的光芒。不是吗?

废弃城堡里的金色少年

一

　　每个周四下午的最后一节课都是穆晓晨的受难日,因为那节是体育课。

　　今天测试800米,和往常的例行训练一样,她又落在最后,单薄如影子般的身形被黄昏的阳光拉得细长又孤单。别人轻轻松松就能跑到终点,可是穆晓晨却觉得终点那么遥远。只剩最后50米了,鞋子里像灌了铅一般沉重,蜗牛般挪到了终点。

　　"晓晨,要多锻炼身体啊。"下课后,体育老师孙老师温和地对穆晓晨说,声音里透着无奈。

　　穆晓晨紧紧咬着略有些苍白的嘴唇,点了点头,收拾起书包,夹在人群里往校门口走去。

　　49路公交车摇摇晃晃地前行,隐没在水杉树后的红色屋顶渐渐清晰起来,天边的火烧云把尖屋顶映衬得格外诡异而神秘。

　　"水云渡到了……"乘务员懒散地播报着站点,穆晓晨跳下公交车,轻车熟路地穿过那片水杉树林,再跨过一条小河,空旷而萧条的游乐场便跳进了视线里。穆晓晨忍了一路的眼泪终于肆无忌惮地滚落下来。

刚才孙老师并没有批评她，可是她看得出孙老师的失望。穆晓晨觉得孙老师是全年级最好的体育老师了，她见过隔壁班的体育老师罚男生做50个俯卧撑，罚女生围着操场跑三圈。可是孙老师从来都不惩罚他们，只是耐心地一遍一遍地讲解动作要领。然而，穆晓晨还是每次体育测验都不及格。

"希望下次体育测试能及格，希望体育委员不要再叫我豆芽菜。"

"我的身体什么时候能好一点？爸爸妈妈什么时候能来接我回去呢？"

"……"

游乐场中心的那座哥特式城堡顶层的墙上写满了穆晓晨的心事。她忘了是从什么时候开始在这里记下心事的，也忘了自己在这里哭过多少次。这座废弃的城堡像一个巨大的容器，盛着13岁少女的孤单和悲伤。

可是今天似乎有些不同，这墙上多出了一个箭头，就在穆晓晨前天写的那句话下面。穆晓晨心里不禁一阵慌乱，听说这个未建成的游乐场已经废弃很多年了，而且地处交通不发达的城郊，平时都少有人来，这箭头是谁画的呢？

穆晓晨顺着箭头往前走，看到了墙上漂亮的手绘向日葵，那片向日葵栩栩如生，穆晓晨心里仿佛在一瞬间洒满了阳光。那幅向日葵画作后面又连着一根箭头，箭头拐上了旋转楼梯，楼梯边的墙上出现了一幅手绘的星空图。绚烂的星空似真似幻，穆晓晨甚至忍不住伸手去触碰那些闪耀的星星们。

绕过了许多箭头，欣赏过许多幅漂亮的画之后，箭头拐过了一个廊柱，爬进了一扇南瓜形的窗户里，最后在墙角停止了。

正当穆晓晨疑惑不解时，一双白色球鞋赫然出现在眼前，穆晓晨心里一惊，不由自主地抬起头来。眼前是一位少年微笑的脸庞，在金色的晚霞里，光彩夺目。穆晓晨感到一阵晕眩——这是漫画书里走出来的男孩吗？

二

"你好，我是杰西，这个游乐场的主人。"少年伸出手来，霞光在他周身流泻开来，他的声音有些呆板，也有些机械，和他的外表不太相符。穆晓晨愣愣地看着眼前的少年，她仍然不确定这是否真实，窘迫得一句话也说不出来。

"希望我没有吓到你。"见穆晓晨不说话，杰西尴尬地收回了手。

"没有没有，我只是，我只是觉得，觉得你……跟我们不一样。"由于紧张，穆晓晨的喉头有些打战。

"嗯，我的确跟你们不一样，我不是普通的人类，我是机器人，智能机器人。"

"啊？"杰西的解释再次把穆晓晨吓了一跳，如果说刚才是惊艳，那么这次是惊吓了，她连忙往后退，直到脚后跟碰到了墙脚才停下来。机器人是电视和科幻小说里才会出现的物种吧，自己怎么会遇到，而且是在这么荒凉的废弃游乐场里。

"你不要害怕，"杰西神色有些慌张，似乎吓到了穆晓晨是自己莫大的罪过，"我只是个半成品，我不会伤害你的，我只是……只是看见你很孤单。"杰西清澈如水的眸子里盛满了悲伤。

那双眼睛看起来毫无恶意，穆晓晨放松了下来，心里有一点点感动。

自从弟弟出生后，爸爸妈妈的注意力都集中在弟弟身上，从小就体弱多病的穆晓晨一下子变成了累赘一般，被送到了外婆家里寄读。新的环境、新的同学、新的老师，一切都让她无所适从，可是没有人知道她的孤单。如果不是一次偶然的机会，发现了这座废弃的游乐场，可以常常躲在这里哭泣，穆晓晨不知道自己将要如何度过那些孤单而悲伤的日子。

可是眼前的少年，难道他一直都躲在游乐场的某个角落窥探自己的悲伤和心事吗？这么想着，穆晓晨不由得脸红起来，像被一个人揭穿了自己努力藏住的秘密一般。

"那个……我是不是打扰到你了？你放心，我……很快就会离开的！"穆晓晨不知所措地对杰西说完这句话便抓起书包落荒而逃。

"其实……我也很孤单呢，一直都是一个人……希望你以后还能来这里……"杰西的声音从身后传来，透着一股落寞和无辜。"我也很孤单呢"，这句话就像一束光，穿透层层迷雾，照进了穆晓晨的心里，她的心"咯噔"一下，脚步不由自主地慢了下来。

那么多人都不懂得的孤单，这个陌生的少年却懂得吗？穆晓晨回过头来，朝站在夕阳下的杰西喊道："我还会再来的。"

三

外婆家没有电脑，没有网络，穆晓晨只好去学校图书馆和旧报摊搜寻关于那个废弃游乐场的信息。

之前，她从没关心过这个游乐场的来历。今天，她第一次想要知道那个被废弃的游乐场的历史。那么漂亮，为什么没有把它建成呢？还有少年杰西，他真的是机器人吗？如果不是，那么一个正常的人类少年为什么一个人孤独地生活在被废弃的游乐园里？

对这些问题的探寻，使得穆晓晨原本枯燥无聊的生活变得充实而有趣起来。

学校的图书馆里有这个小城市的许多札记，还有一些旧报纸。功夫不负有心人，穆晓晨最后在一份泛黄的旧报纸上寻到了一些信息。原来那座游乐场叫孤单城堡，是一位叫马克的英国建筑师设计并建设的。

八年前，那里还是一家破旧的孤儿院。87岁高龄的建筑师马克来中国旅行时途经那里，被孤儿院的孩子们明澈动听的歌声打动，便萌生了把孤儿院改造成免费开放的游乐场的想法。马克为这座游乐场倾尽财力，可惜最终还未完成，便遗憾辞世。

由于游乐场位置偏僻，交通不便，所以政府和开发商都没有考虑完成它，由此废弃了。

穆晓晨认真地看完了所有关于孤单城堡的报道，可是没有找到一丝关于智能机器人杰西的信息。

"嘿，这不是豆芽菜同学吗？"正惆怅时，一个熟悉的声音传来。

穆晓晨回头一看，原来是体育委员林叶。林叶是那种永远带着阳光气息的女生，不论是学习成绩还是家境、相貌都很优秀。但是她也有着优秀女生的小毛病，比如骄傲、好强。穆晓晨常常不及格的体育成绩让林叶很闹心，所以也一直不太喜欢穆晓晨。

"噢……那个……我来查点资料，马上就查完了。"看见她，穆晓晨又想起了下午的体育课。

"我觉得你应该查查怎么提高体育成绩的资料。"林叶用戏谑的语气说，忽然她话锋一转："对了，通知你一件事，学校的春季运动会马上要开了，我给你报了女子1500米的田径项目。刚刚班会课的时候你不在，我就没问你的意见，这也是为了锻炼你一下。"

"对不起，我……"穆晓晨的脑海里一阵嗡嗡直响，800米的测试她都不及格，1500米更不用说了啊，可是不等她推脱，林叶接着说："名单已经报到学生会了，你可不要临阵退缩哦。"说完林叶便走了。

看着林叶骄傲的背影，穆晓晨顿时觉得全身都失去了力气。

四

因为忽然要参加比赛，穆晓晨不得不每天放学后练习跑步。

所以，再次见到杰西是在一周之后。那天，穆晓晨像往常一样，跳下公交车直奔游乐场，而杰西就像一位老朋友一样，早就等着穆晓晨了。

"我以为我那天忽然出现吓得你再也不敢来了呢。"杰西面露尴尬地说。

"呵呵，怎么会呢，你又不是怪物。"穆晓晨被杰西逗得笑了起来。

"人类的世界……是什么样的？"杰西忽然问，"我被我的主人制造出来以后就没有再离开过这个游乐场，曾经也有人类来这里，但是停留的时间都不长，所以我从来没有真正地与人类接触过。"他那双好看的眼睛里写满了好奇与期待。

穆晓晨被他问得有点语塞起来，这么多年，这个孤独的少年是如何度过的呢？也就是在那一秒，她忽然萌生了一个奇怪的念头："明天我带你去我们学校玩吧，到时候你就知道啦！"

杰西的眼睛亮了起来："真的吗？我真的可以离开这里吗？"他似乎还不太相信穆晓晨的话。

"嗯，当然可以，明天早晨，我来接你哦！"穆晓晨开心地说。

那一瞬间，她心里充满了欢喜，是那种即将与人分享快乐的欢喜。自从穆晓晨转学来这座小城市以后，便没有结交到什么朋友。那些难过和偶尔的开心都无人分享。可是现在，她即将带一个人和自己一起分享每天的生活，这种感觉真的很奇妙。

那天晚上，穆晓晨回家以后找出了爸爸妈妈寄给自己的新运动鞋。这双鞋她一直舍不得穿，再加上自己又不擅长运动，所以一直被搁在鞋柜最下层。

是的，她要向杰西展示一个阳光的积极乐观的自己。可千万不要让这位新朋友把自己看扁了啊！穆晓晨心里这样想着。

第二天，阳光很好，与穆晓晨预想的一样，一切都那么明亮。

当穆晓晨带着杰西出现在教室门口的时候，教室里一片哗然。女生们压低了声音尖叫起来，男生们饶有兴趣地打量着站在教室门口的窘迫少年。

"真的好好看哎，就像漫画里走出来的人一样！"

"豆芽菜怎么会有这么帅气的朋友啊？以前从来没有见过呢！"

……

第一次被如此关注的穆晓晨有些忐忑，她的脸很快红起来。她原本计划的是，自信地微笑着把杰西介绍给自己的同学们，她想让杰西觉得自己在学校里并不是那么糟糕。可是此时，她却一丝勇气都没有了。

忽然，杰西拉起了穆晓晨的手，对她说："晓晨，这就是人类的学校吗？这些都是你的朋友吗？"穆晓晨窘迫地站着，不知道该摇头还是点头，可是不等她回答，杰西已经走到了讲台前。接着，教室里瞬间安静了，响起他好听的声音："大家好！我是穆晓晨的好朋友，我叫杰西，希望大家喜欢我！像喜欢晓晨一样喜欢我！"

穆晓晨睁大了眼睛望着杰西，教室里再次爆发的唏嘘声让她无所适从。杰西说完微笑着朝穆晓晨看过来，似乎在期待她的鼓励。穆晓晨红着脸将他拉到教室最后一排自己的座位上坐下来。

原本想让杰西藏在课桌下面，跟她一起听一节课，感受一下的。可是刚刚坐定，林叶却走了过来："穆晓晨，运动会马上就要开始了，不要给我们班丢脸，多多练习，别光顾着谈恋爱了！"

林叶的声音不带一丝温度，穆晓晨再一次有种瞬间跌入万丈深渊的感觉。就这样莫名奇妙地被误会成在谈恋爱，她有些始料未及。

在林叶戏谑的目光里，穆晓晨冲出了教室。留下不知所措的杰西，站在同学们中间像个被丢弃的孩子般无助。

五

穆晓晨沮丧极了，她想不明白的是，为什么自己一直在努力，一直想要改变，想要向同学们证明自己没那么糟糕，最后却总是弄巧成拙。

爸爸妈妈也迟迟不提接她回去的话，或许，自己真的糟糕透了吧，有什么好证明的呢？

"晓晨……"杰西不知道什么时候找了过来，他眼神无辜地看着穆晓晨，声音晦涩地问，"谈恋爱……是很不好的东西吗？我……给你造成了困扰对吗？"

穆晓晨尴尬地擦了擦眼泪，看着眼前的金色少年，忽然有些内疚，这一切可都是自己造成的呢，为什么要把他带入这种境地呢？穆晓晨努力使自己平静下来，然后说："没有呢，你没有给我造成困扰，这些困扰都是我自己造成的。我是个很糟糕的人，而且……人类世界本来就很糟糕……"

是啊，人类世界本来就很糟糕！

"怎么会呢！晓晨是很好的人啊！晓晨可是我的第一位朋友呢！相比于荒凉的游乐园，人类世界也很漂亮，很热闹啊！你的同学们，他们都对你笑，也对我笑。我的主人在制造我的时候告诉我，如果一个人类对你微笑，就说明他爱你呀！"杰西激动起来，说了一大堆话。

穆晓晨忽然很羡慕他，单纯得无法被伤害的样子，嘲笑在他眼里都能变得美好起来。

穆晓晨看着杰西，有些无奈地说："你不会懂得啦，人类世界很糟糕的。我的爸爸妈妈不太喜欢我，把我送到外婆家寄读。我天生胆小怕事，在学校里也没什么好人缘，而且……体育委员给我报了运动会的项目，要跑 1500 米，要知道我平时体育成绩都不及格的，到现在一点信心都没有……唉。"

听到穆晓晨纠结的叹息声，杰西像忽然想起了什么似的，惊喜道："我最擅长的就是跑步哦！以后……我每天陪你一起训练吧，一定能赶在运动会来临前帮你提高跑步速度的。"杰西信心满满地说。

"杰西，你的主人是怎么把你制造出来的啊，为什么你总能这么乐观呢？"杰西的话让穆晓晨的心情好了不少，她笑道。

"我的主人是个很了不起的人呢！他告诉我，永远都不要放弃，永远不要太在乎别人的眼光，只要朝着自己心的方向就可以了。"杰西忽然一副哲学家的表情，"虽然他最后无奈地离开了我，但是我一直都很崇拜他！"

"永远都不要放弃，永远不要太在乎别人的眼光，只要朝着自己心的方向就可以了。"穆晓晨喃喃地将这句话重复了一遍，脑海里浮现出那天旧报纸上的报道，关于那位建筑师马克。他有一张乐观而坚毅的脸。

"杰西，我好像知道该怎么做了！谢谢你！"穆晓晨把书包抛向了天空，她脸上洋溢着满满的笑容。

六

运动会马上要开始了，同学们发现豆芽菜穆晓晨似乎变了一个人。

每天下午放学后，她都会去田径场练习跑步。而等在跑道终点处的是那个叫杰西的奇怪男生。阳光下的穆晓晨不再像一颗毫无生命力的豆芽菜了，反而像一株正在努力向上的小白杨。更奇怪的是，她现在见了每一个人都会主动打招呼，同学们发现豆芽菜穆晓晨并不是天生的面瘫少女，她笑起来的模样很甜美！

穆晓晨感觉自己心里似乎被注入了一股新的力量，这股力量推动着她努力前进。

杰西似乎是个天生的田径运动员，也有可能是马克在制造他的时候，给他输入了太多田径运动方面的数据。他教会穆晓晨如何合理地调节呼吸节奏，如何把握体力分配，如何更有效地助跑和冲刺。

在他耐心的讲解和陪练下，穆晓晨居然真的进步很大！

穆晓晨不知道的是，偶尔路过田径场的林叶和孙老师会驻足观看，直到嘴角扬起微笑。

运动会那天，穆晓晨的上场再次在同学们中间引起一片哗然。有同学问林叶："你怎么敢让她报 1500 米啊！她的体育成绩可从来没有及格过！"

"不要小瞧豆芽菜同学哦，每个人都是有无限潜能的！"林叶意味深长地笑道。

原本对穆晓晨不屑一顾的同学也讪讪地闭上了嘴。

随着裁判的指令枪声想起，选手们箭一样冲了出去。同学们发现穆晓晨瘦小的身影最后却冲到了最前面，她脸上带着自信的微笑，额角的汗珠折射着太阳的七彩光芒。挤在人群里的杰西忽然大声喊起来："穆晓晨，加油！你是最厉害的！"随着杰西的一声呼喊，同学们都回过神来，高声呼着："穆晓晨，加油！"

"穆晓晨，你一定要加油呢！你已经不是过去的穆晓晨了！"穆晓晨闭上了眼睛，在心里默默地告诉自己，然后拼足了劲儿，冲向了终点！

由于体力不支，在触到终点线的那一瞬间，穆晓晨的两腿失去了力气，整个人都倒了下去。倒下去的那一瞬间，有一个宽厚的怀抱迎接自己，带着暖暖的初夏的气息，带着金色的光芒。

同学们的欢呼声在意识里变得模糊，世界渐渐安静下来。像一场悄无声息的告别，穆晓晨闭上了眼睛。

凉风拂过皮肤的时候，有初夏的虫鸣声在耳畔忽远忽近。穆晓晨再次睁开眼睛时，却看见满眼璀璨的星星，宝石般缀满了钴蓝色的夜空。她坐起身来，看见了坐在身边的杰西。

"你醒了？"杰西惊喜地叫出声来。

穆晓晨也终于清醒过来，她扫了一眼四周，原来这是在废弃游乐场主建筑的顶层呢。

"我怎么会在这里啊？"穆晓晨有些茫然地问。

杰西无辜地看着她："你……你倒下去了……许多人围了过来，我怕别人伤害你，所以把你带到这里来了。那个……我跑得很快，没人追得上。"

"哈哈！"看着杰西认真的表情，穆晓晨被逗笑了。这个金色少年，虽然口口声声说自己觉得人类世界多么好，其实心里还是没有安全感呢！是啊，他若有安全感，也不会这么多年都孤独地守在游乐场了。可是，那天自己居然相信了他的话，相信了那些他信心满满地说出来，其实是为了鼓励自己，也是为了鼓励她的话。

穆晓晨的鼻子没来由地一阵发酸。她活动了一下酸疼的腿，站起来，对杰西说："其实……我们人类世界真的很好呢！我之前那样告诉你，是因为我自己没有信心！可是，在你去我们学校的第二天，我发现了一个秘密哦！"她表情神秘地凑过来，说："我们的体育委员林叶跟我们的体育老师说，'穆晓晨是个很有体育天分的女生呢，班级荣誉什么的其实没那么重要，这次运动会我给她报名，是为了激发她的潜力，也为了让她对自己有信心'！"

"啊？"杰西似乎没有听懂。可是有没有听懂已经不重要了，因为他看到了穆晓晨脸上的幸福笑容。

"我今天是拿了第一名对吗？"穆晓晨转而问道。

"嗯嗯，是呢，我听到大家都说你是第一名。"

"走，我们回去吧！我要去告诉林叶，她的眼光其实很不错呢！"穆晓晨眼里溢满了光芒。

七

然而回到学校后，穆晓晨迎来的却是同学们的一阵抱怨："你就这么走掉了，大家很担心知不知道！"

"林叶还以为你挂掉了，哭了半个多小时呢！"

"豆芽菜，你简直就是个没有责任心的人呢！"

……

所有人都在抱怨，抱怨忽然消失的穆晓晨。可是，这一刻穆晓晨没有感到难过，而是满心的欢喜！那种被关心被接纳的欢喜！

"穆晓晨，你的快递！"大家正在闹哄哄的时候，班长抱着一个大大的包裹跑进来了，他气喘吁吁地把包裹递给穆晓晨。

原来是妈妈寄过来的生日礼物，一只半人高的 Hellokitty，穆晓晨想要好久了。同时还有妈妈的信，大意是弟弟马上就可以上幼儿园了，到时候可以接穆晓晨回去了。

"可是，妈妈，我现在已经喜欢上这里了呢，还有我的新朋友杰西。"穆晓晨在心里默默地说，可是当她转过头要寻找杰西时，却看见杰西被一群女生围住了，看起来，这小子很受欢迎呢！

不知道当大家知道他的机器人的身份后会作何反应？穆晓晨暗暗地想。

不过这个似乎已经不重要了，因为不管大家是何种反应，都影响不了杰西是她穆晓晨的好朋友的事实！